池袋ウエストゲートパーク8

非正規反抗

ISHIDA IRA
石田衣良
江裕真——譯

目次

一、千川餘生媽媽 005
二、池袋清潔隊 049
三、退休牛頭犬 093
四、非正規反抗 139

池袋ウエストゲートパーク

千川餘生媽媽

這個世界，有所謂看不見的家庭存在對吧。

我指的是因為已經毀壞，就被人當成穢物般隱藏起來的家庭故事。明明就在那兒，卻無人注意；再怎麼發出慘叫，也沒有人願意傾聽。痛苦與貧困都被塞到家裡去，不會對外洩漏。然後不知不覺，它們就像春天的雪一樣，乾乾淨淨地從這個世界上逐漸消失。無數的家庭不是在空中分解四散，就是在原地腐朽，漸漸融化。再怎麼遭逢困難，都沒有人伸出援手，因此會這樣也是理所當然的。

打個比方，例如像我們家這樣的單親媽媽家庭。小時候，只要一和朋友一起流著鼻涕玩耍，經常會聽到朋友的父母悄悄地對他說：「那個家沒有爸爸，不可以和他玩。你也會變成壞孩子唷。」

這樣的父母完全沒有和我說過一句話，也沒有靠近過我。態度上就好像現場只有自己家的小孩一樣，我是個看不見的孩子。但我不會因為這種事就受傷。只覺得這個世界是用這種方式來判斷人的嗎？我們每個人都對別人有偏見。自信滿滿地說自己沒有什麼偏見的人，只不過是帶有「覺得自己沒有什麼偏見」的偏見罷了。

這次要講的，是一則單親媽媽在池袋的陋巷裡咬著牙生存下來的故事。這則故事可以讓我們直接了當地瞭解，在人們心醉神迷於戰後最長一段好景氣之際，到底把什麼東西給割捨掉了？

雖然在我的故事中只提過一點點，但我們家老媽似乎有狂熱的粉絲存在！我要告訴這些腦子不正常的粉絲一則好消息！在這則故事裡，我老媽比我活躍得多了。「麻煩終結者」這種麻煩的名號，我看是不是就讓給她好了？我們家老媽是個在露骨的時代制約下，用盡各種方法倖存至今、沒教養的歐巴桑，和你我沒什麼兩樣。

不過今年春天，這樣的老媽狠狠地把我弄哭了。我既非戀母情結者，而且就算我嘴裂了，也不會對撫養我長大的她說什麼謝謝。不過嘛，她雖是我的敵人，卻是個了不起的女人。因為她是我老媽，厲害也是理所當然。

但這則故事的重點不在於什麼淚水。第一次讀的時候可以哭沒關係，但第二次讀的時候，也不要忘了生氣。因為我們應該可以藉由雙手，設法為全日本的單親媽媽做些什麼。救救那些在自立支援❶的名義下，任由自己如自由落體般墜落的母親與孩子。無數家庭在M型社會的水泥底部撞毀的聲音夾雜在瘋狂的背景音樂中，誰也聽不見。

無論在何種家庭中長大，小孩子都是寶貝吧？那些孩子們背負著這個國家的未來，這是可以確定的。請多把錢花在這些孩子身上，而不是花在深山的道路或是為了門面而興建的機場之上。我拜託你。

池袋的街道上，溫暖的冬天毫無預警就變成了春天。

像樣的雪竟然連一次也沒下，這是我有生以來首次見到的奇景。不過這樣一來，我就不必鏟除我家水果行門口的積雪了，因此我大大歡迎暖冬的到來。對我來說，街道的環境要比地球的環境重要得多了。

就這一點來說，春天的池袋也是相當平順。雖然偶爾會有喝醉酒的人打到不可開交，但因為這裡是池袋的西一番街，這種事與吹散花瓣的和風並沒什麼兩樣。至於我，我很想說自己的閱讀與專欄寫作很順利，但在寫東西方面，還是和過去一樣痛苦。之所以會愈寫覺得愈難，一定是因為語言這種東西是神明送給傲慢人類的詛咒吧？搞得我老是在胸前盤著手，在那裡「嗯嗯啊啊」半天。啊——麻煩死了！

那一天，在誘發我睡意的陽光之下，我開始在店頭前堆放起八朔橘。小時候，我就經常把賣剩的水果當成點心吃。由於八朔橘酸酸甜甜吃來爽口，分量再多我都吃得下。

鋪著磁磚的人行道那頭，一個帶著小孩的媽媽，在高溫晃動的熱氣中朝這裡走來。那個媽媽穿著皺巴巴的運動外套，一定是直接穿著它睡覺吧？她的身材還不差，但長褲在膝蓋的地方破了洞，頭髮蓬亂，脂粉未施，如果好好化個妝，應該會是個還不錯的美女，但現在的她卻是一副累壞了的想睡表情。

小孩子是個三歲左右的男孩，也穿著和媽媽一樣無品牌的便宜運動外套，精力充沛地往這裡走來。纏在他腰際的皮帶上，掛著帶狗散步的牽引繩；就是只要他跑遠，細彈簧就會把繩子捲回來的那種設計，真是太出色的發明了。

我看到這對熟悉的母子，向店裡出聲喊道：「媽，他們來了唷！小由和一志。」

大貫由維與一志是這位單親媽媽與獨生子的名字。老媽把賣剩的水果一個個放進白色塑膠袋中——瘸掉的八朔橘、碰傷的草莓、全是斑點的香蕉……走出店外向他們揮揮手說：「喂，阿一！」

一志一看到老媽，就好像獵犬看到獵物一樣跑了過來。說起來，無論是肉還是果實，都是在快要爛掉之前才會好吃。至於女人嘛，我不予置評。我還沒有碰過那麼老的女人。

小由把牽引繩拉了回去，發出嘰嘰的聲音。三歲左右的男孩只要給他自由的空間，你永遠不知道他會做出什麼事。就好像巴西出身的前鋒一樣。

「每次都很感謝您。過來，一志，說謝謝。」

❶由被支援者在自己的意願下自行決定要接受什麼援助，再由支援者協助其自立的一種援助方式。

一志雙手合十，鞠了個躬。

好可愛唷。這個小鬼是刻意這樣的嗎？老媽瞄了我一眼後說：「男孩子可愛大概就只到五歲左右吧。一旦長成這樣，就只會露出『我自己長大了』的表情，變得不可愛了。」

「非常、謝謝、妮……」

那又關妳什麼事。小由露出鈍氣❷般的表情，對著陽光瞇起眼。老媽見狀擔心地說：「妳還好吧？」

「剛結束夜班很累，可是一志又吵著要到外面來散步。」

老媽和我說過，小由似乎是在夜間工作。白天她也想把孩子托給托兒所，自己輕鬆一下，但附近的托兒所已經額滿了。當然光靠媽媽一個人的工作，也付不起托兒所的費用。據說她正在存錢，希望明年起可以讓一志上托兒所。單親媽媽真是辛苦。

小由好像想起什麼似的，說道：「對了，阿誠。我有點事想請你幫忙。」

我有不祥的預感，看向老媽的方向。敵人就像絕對專制的君主般，只用下巴向我下命令。

「你去幫她再回來，店由我來顧。」

就這樣，今年春天第一件麻煩就把我捲進去了。或許是在她身上看到過去的自己吧，我們家老媽拿單親媽媽最沒辦法。

春天的西口公園真的非常悠閒。鴿子、流浪貓與上班族全部都心無旁鶩地曬著太陽。雖然人類總希望將自己塑造成最了不起的模樣，但同樣都是生物，沐浴在溫暖陽光下的那種舒服感，和其他許多動物完全是一樣的。

牽引繩被解開的一志，追逐著在圓形廣場石板路上被風吹跑的染井吉野櫻花瓣。白色的漣漪在西口公園裡盪開，遠方的櫻樹大約有八成已經長出嫩葉。我的聲音完全就是不耐煩。

「妳說幫忙，是什麼事啊？」

小由從運動外套的口袋裡拿出菸，點了火。她吞雲吐霧著，一副好抽到讓人討厭的樣子。

「一志終於也三歲了呢。」

我看著正與隨風飛舞的花瓣玩耍的孩子，好像一隻小貓在耍弄玩具一樣。

「這件事怎麼了嗎？」

只要出生後經過三年，任誰都會變成三歲，不就是這樣嗎？小由突然雙手合十，向我鞠躬。

「拜託。你明天可不可以幫我照顧一志呢？」

「絕對辦不到。」

小由以往上的視線觀察著我的表情。

「為什麼呢，阿誠？」

「不好意思，明天我要為雜誌的專欄去做採訪，和別人有約。那是兩個星期前就約好的行程，絕對

---

❷指「氦、氖、氬、氪、氙、氡」等化學性質不活潑的氣態元素，又稱惰性氣體。

無法更改。」

我要去採訪一位池袋的創業家，他的唱片行專門銷售七〇年代龐克搖滾的黑膠唱片，結果大受歡迎。據說他現在在東京都內的店面共達五家。是個四十歲了還把金髮抓得尖尖刺刺的男子。

「這樣啊，真是困擾呢。一志現在已經可以自己吃飯，也可以自己看ＤＶＤ了，並不是那麼難帶。」

「是哦。」

如果是老媽，一定會說「你就算取消採訪，也要給我照顧一志」吧。雖然就某種立場來說那麼做才對，但當時的我根本不可能預知這種事。

「妳有什麼事嗎？」

小由嘆息般地說道：「去聽演唱會，是我年輕時喜歡的歌手。」

小由的年紀和我差不多，但這個單親媽媽大概覺得自己已經不年輕了吧？她奉子成婚、生下孩子，在離婚後又一個人含辛茹苦地養育孩子。每天過的這種生活，或許就像是一台磨損掉青春的車床。

「我在和一志過兩人生活的這兩年間，一天都沒休息過哦。晚上要工作，白天要帶孩子。是一個朋友說多一張票、臨時找我去的。難道我稍微喘口氣，也是一種奢侈嗎……」

我也感慨起來。

「小由的娘家沒辦法幫忙嗎？」

一志的母親深深地吸了一口菸。

「沒辦法啊，因為我爸媽也離婚了。我媽要工作，沒辦法請她照顧一志。」

「這樣啊。無法幫妳的忙，真抱歉。」

小由突然冒出偷笑的表情。

「沒關係啦。光是這樣好好聽我講話，阿誠已經比別人好多了。世上大部分的人既不會聽我講話，連正眼也不看我一下，就好像我們這些人完全不存在一樣。」

透明的家庭就這樣一個又一個誕生。我直直看著在圓形廣場中跑來跑去的小男孩。一志一下子拍手，一下子抓花瓣，一下子又跌倒了在那裡哭。這孩子真的不存在於此時此地嗎？

我出神地凝視著這個透明的小男孩。

隔天，我按照預定計畫去做採訪，地點是池袋大都會飯店一樓的咖啡廳。採訪的內容可有可無，中年男子好像只要工作碰巧順利，就會露出一副「天下盡入我手」的表情呢。對於這個瘋狂的金髮搖滾樂迷，我只有順著他的話附和一下而已。

因此休市後的隔天，我大感震驚。老媽的聲音叫醒了我。我一從枕頭上抬起頭，她就在我那間四疊半的房裡，把報紙攤開在滿是傷痕的書桌上。

「阿誠，前天小由拜託你什麼事？」

那種聲音幾乎算是在斥責我了。

「一大早就吵死了！我昨天整理錄音帶，現在睡眠不足。」

我只睡了三個小時。老媽以劊子手般的眼神看著我，向我遞出報紙。那是全國發行的報紙的地方版，我們這裡是池袋，因此是城北版。

「什麼事啊，小由不可能上新聞吧？」

「你別管，讀就對了。」

我瀏覽了老媽指著一篇不起眼的報導——

三歲男孩從陽臺跌落　豐島

九日晚間七時，在豐島區千川一丁目，大貫由維小姐（22歲）的長男一志小朋友（3歲），不小心從自家三樓的陽臺跌落。由於跌在人行道邊栽種的植物上，只撞擊到右手臂，受到輕傷。事故當時，媽媽由維小姐正外出觀賞演唱會。大貫小姐家只有母子兩人生活，據信一志小朋友是因為爬上陽臺上的洗衣機玩耍時翻越了欄杆。

讀完報導，我跪坐在棉被上，心想慘了；要是我取消採訪，就不會發生這種事了。

「什麼嘛，這篇報導的寫法好像單親媽媽去看演唱會，等於做了什麼壞事一樣。」

仔細想想，我從小時候開始，我家老媽就經常晚上去看戲或看電影。我很早就覺得，大人都喜歡晚上出去玩。這種夜晚我不外乎看看電視，或是早早上床睡覺。

「阿誠，你去看看她的狀況如何。」

她雙手扠腰，氣勢十足地對我說。我家老媽這副模樣比池袋三大組織的老大還要可怕。

「……知道了啦。」語畢，我伸腳去套上清晨才剛脫下來的牛仔褲。

千川位於地鐵有樂町線上、豐島與板橋區的交界處，距離池袋兩站。那裡是個再普通不過的住宅區，擠滿了大廈與住宅。如果用M型社會的高峰與低點計算，會讓人覺得大概就是東京平均值的一個地方吧。我一面確認著老媽告訴我的住址，一面在細窄的道路中彎來彎去。

照著電線桿上的標示板找到的，是一棟約莫介於公寓與集合住宅間的建築物。原本應該很美觀的外牆磁磚上，浮現如紅鏽般的傷痕。雖然是三層樓建築，但沒有電梯，於是我爬著已磨損的水泥樓梯往上走，按下沒放門牌的小由家電鈴。

按了一次後，沒有回應。我才按第二次，就傳來一陣凶惡的聲音：

「你們很吵耶！我管你們是周刊記者還是什麼人，我幹麼非得把我們母子的事講給你們聽不可？反正我是惡魔媽媽啦，你們愛怎麼寫就怎麼寫不就得了！」

裡頭傳來丟擲什麼東西的聲音。確認過她安靜下來後，我冷靜說道：

「我是阿誠，我媽叫我來看看狀況。小由，妳沒事吧？」

好一陣子沒有任何回應。重新上了漆的便宜不鏽鋼門從內側像爆炸一樣打開了，沒化妝的小由哭著站在玄關處。我向她舉起提在手上的塑膠袋：「草莓、八朔橘、香蕉，都是一志愛吃的水果。」

關上玄關的門後，小由過來抱住我。她的身體在顫抖，幾滴眼淚掉在我胸前。

「我已經不知該怎麼辦才好了。阿誠你的胸口借我哭一下好嗎？」

我抱著變得憔悴不堪的單親媽媽，在暗到連白天也像是夜晚的玄關裡站著。

⚜

房子是1DK❸的隔間，走進屋內，馬上就是四疊半大小的餐廳兼廚房。另外以玻璃門隔開的，是六疊大小的和室。東西雖然多，但收拾得很整齊。一志正在起居室看著電視裡播放的老舊美國動畫——《湯姆與傑利》（*Tom and Jerry*），如今看來依舊新鮮。

我們在和室裡隔著微妙的距離坐了下來，沒有坐墊。我看向紗窗那頭的洗衣機說：「一志就是爬上那個嗎？」

小由腫著眼睛回答：「沒錯。昨天我說什麼都想去，都已經努力兩年了，即使有一天稍微喘口氣，我想也不該會有報應才對。一志那時也剛好在午睡，我做了他最愛吃的鰹魚飯糰，還有冷了還是很好喝的玉米湯，放在那張桌子上。」

「這樣呀。」

我看著一志。他右手臂手肘的地方包著繃帶，但看起來和平常沒兩樣。每當愚蠢的湯姆被傑利揍了一下鼻尖，一志也會跟著跳起來。

他朝著我這邊說：「為什麼，一直都是，湯姆挨打呢？」

在我們生活的這個社會中，為什麼老是同樣的人挨揍呢？這個問題我也不知道。

「為什麼呢，一志？哪天你變成大人以後，要幫我們創造一個不會這樣的世界哦。」

那時，餐廳的電話響了。小由站起來去接桌上的電話，才聽一聲就無力地掛掉。她沒有把話筒放回去，直接走回來。

「一早到現在淨是一些採訪與咒罵的電話啊。說什麼不配當母親、妳去死、就是妳這種人害日本走下坡之類的。我倒是想問問他們，我何時又害日本走下坡了？」

小由以沙啞又乾巴巴的聲音嘲笑自己。我無言以對。

「幫一志洗好澡、哄他入睡後，每天晚上十點我就得到王子的工廠去。那是一家幫便利商店做便當的食品工廠。我一直站在那裡烹煮食物、裝便當，到早上五點為止。一回家，又要幫一志做早餐。白天我一面躺下假寐，一面要陪一志。弄給他吃、幫他洗澡、陪他玩、陪他看繪本。想睡到不行的時候，就播動畫給他看。在這期間的九十分鐘左右，我就好像偷到時間一樣跑去睡覺。」

小由的臉孔宛如廢墟，給人一種「所有希望都燃燒殆盡了」的感覺。我心想，非得說些什麼才行，結果講了很蠢的話。

「妳完全沒有多餘的閒暇時間呢。」

小由又嘲笑起自己來。

「不只沒有多餘的時間，也沒有多餘的錢。每星期我徹夜工作五天，每個月只能賺到十六萬圓多一點。什麼契約員工的就是這樣，還要再扣掉稅金和保險費；這裡的房租也要七萬，我實在不知道還有什麼花費可以省下來，每個月都是一毛也不剩。」

---

❸ 1DK：數字代表寢室的間數，D、K表示餐廳和廚房，日本房間多以此標示。

一個如此努力了兩年的母親才一天不在家，別人就說她不配當媽媽。這個世界一定有哪裡從根源的地方就出了錯，我卻無法予以改正。一志愛看的第四台動畫似乎播完了，他朝向這邊站了起來，以撒嬌的聲音說：「媽媽、媽媽，肚子餓餓。」

小由眼神空洞地看向我。總覺得看著這家庭的晚飯菜單，是一件很可怕的事。我不由得說：「我說，要不要我們三個一起去吃晚餐？找間附近的家庭餐廳。」

一志對於「家庭餐廳」這個詞展現出異常的興奮。

「家庭餐廳、家庭餐廳、兒童餐餐、橘子汁汁、冰淇淋。」

要價五百八十圓的兒童餐，對這孩子來說是最上等的奢侈了。我實在看不下去，朝玄關走去。

「我先到外頭去，妳們準備一下。」

我留下還在大喊「家庭餐廳」的一志，走到外面的走廊，靠在水泥扶手上。我探出頭，往下面看。高度差不多有十幾公尺吧。昨晚，那孩子往下跌了這樣的高度。不同於陽臺，這邊的地上是停車場，以前鋪的瀝青黑黑地凝固在那裡。那孩子之所以沒有死，不過是因為他運氣好而已。

我恍惚地看著春天藍色的天空想著，至少那片天空上的某人還是幫忙準備了一張最低限度的安全網，但或許還沒有人幫小男孩的母親也準備這樣的東西。

小由正在我的眼前像自由落體般下墜。這個單親媽媽撞到的，會是水泥地面還是綠色的草皮呢？雖然比較可能是壞的那一種，但我決定不要再多想。

我們坐在家庭餐廳的沙發座上，讓一志好好享用他愛吃的東西。一志的身體很瘦，讓人不禁懷疑他吃下的東西到底去哪裡了。他很快就把兒童餐吃光。小由感慨地說：「有個男人在還是比較好呢。」

「妳的前夫呢？」

她露出差點把剛吃下去的千層麵吐出來的神情：「那傢伙超差勁的！我們奉子成婚時，他說他會負責，到這裡為止都還不錯。但他認真工作的決心卻只持續了半年。他當過卡車司機，辭去工作後明明已經沒有收入，還是成天打柏青嫂❹。真的沒錢的時候，連我存下來給一志的奶粉錢都拿去玩。」

我喝了一口一志的橘子汁。最近的家庭餐廳都有現榨果汁，食物纖維既保留下來又不會太甜，真的很好喝。

「他有出養育費嗎？」

小由哼了一聲說：「如果他好好付這些費用的話，我們就不會離什麼婚了。」

「所以一毛也沒出？」

小由點頭後，一臉焦躁地找來女服務生說：「妳們有菸嗎？什麼牌子都行。」

撕開對方送來的香菸後，她就在三歲小男孩用餐處的旁邊，大刺刺地哈起菸來。我忍不住問：「小

❹パチスロ（Pachislot）：結合柏青哥與吃角子老虎的一種遊戲機，又稱「柏青斯洛」。

由在家也是這樣抽菸嗎？」

單親媽媽咬著指甲回答：「是呀。因為除了抽菸，我沒有其他消除壓力的方式了。」

「這樣的話，要先打開空氣清淨機呀。冬天的時候，空氣也沒那麼流通吧，這樣對一志的身體不好。」

小由微微一笑，說道：「我哪有錢買那種東西？光是要活下去就已經很拚了。不過你不用擔心啦。那間破公寓，風會從很多縫隙吹進來，而且我們家冬天都是穿得鼓鼓地生活。暖氣設備的電費很貴，我們家不太用。」

不知道是不是一志覺得媽媽講了什麼有道理的話，嘴裡塞滿了漢堡還在不明所以的情況之下猛點頭。信賴媽媽的他露出天使般的眼神往上看。我已經沒有什麼好說的了。

我只能設法祈求這對母子幸福。

最後我告訴小由，如果有什麼困難，就來找我老媽。然後我們在家庭餐廳前道別。一志的雙手緊抓著糖衣巧克力與HI-CHEW軟糖，我幾次轉頭，他都還是邊揮手邊凝視著我。

一回到西一番街，我馬上把所有事情向老媽報告。聽到契約員工的薪資以及前夫不付養育費的事，老媽皺起眉頭。

「這樣啊。要是有什麼可以幫上忙的地方就好了。」

我看著老媽的眼睛。她很難得把視線從我身上別開。我們都很清楚，真的沒什麼可以幫她的。

在那之後的幾天實在安靜過了頭，這世界的一切都平安無事。我一如往常，用店頭的CD音響聽音樂。春天的主題曲是《寫給安娜·瑪德蓮娜的音樂筆記簿》（*Notenbuchlein fur Anna Magdalena Bach*）。這是巴哈為小他十六歲的第二任妻子安娜所寫的上課用曲子。不愧是巴哈，即便是專供自己家庭用的實用音樂，他還是寫了許多很棒的旋律在其中。或許這才是真正的「House Music❺」吧。

這段期間小由沒有到我家店裡來，也沒有再發生第二起墜樓事故。因此，隔周小由帶著一志到我們水果行來時，我差點懷疑這是不是別人。

這是單親媽媽第一次穿迷你裙現身。她穿著今年流行的金屬色系超短迷你裙與白色褲襪，上面是胸口開得很深的白色V領針織棉上衣。最讓我吃驚的是，原本烏黑的頭髮染成了明亮的茶色。

「妳怎麼了？形象改變得很大呢。」

小由大聲笑了出來。

「我似乎總算走運了。阿誠，我要買那邊的香瓜。」

網紋香瓜是我家店裡的王牌打者，裝在專用的木箱裡，每顆要價五千圓。

---

❺在音樂圈House Music譯為「浩室音樂」，是一種電子樂曲，在此用於玩笑指稱巴哈為自己第二任妻子所寫的曲子也是一種House Music（自己家裡的音樂）。

「妳到底發生什麼事啊？」

小由那張妝化得恰到好處的臉微微一笑：「碰到一點好事。」

雖然不知道詳情，但能讓小由變得開朗起來，似乎也不是壞事。畢竟，打扮時尚也是生存欲望的一種表現嘛。我在香瓜的盒子上綁了紅、白兩種顏色交疊的緞帶。別看我這樣，手可是很靈巧的。

我回到店頭，從小由手裡接過錢。我扭下一根要賣的香蕉，蹲了下來。伸手去摸一志的頭後，我的動作停止了。小男孩的媽媽一臉快活，小男孩卻是一副消沉的表情，他那惴惴不安的視線在香蕉與小由之間來來去去。這真的是區區幾天之前，那個以天使般的眼神抬頭看著媽媽的小男孩嗎？

「怎麼了，一志？這是你常常拿到的吧，你看！」

我一遞出香蕉，他好像總算安了心似的，用他小手的手掌緊握住它，聲音小到快要聽不見：「謝謝、妮。」

這種悶悶不樂到底是怎麼回事？小由沒去在意孩子的樣子，說道：「阿誠，伯母呢？」

「她有事出去一下。」

「這樣呀。那你幫我轉達一下問候，還有請和她說，很感謝她經常的照顧，把這個交給她。」

她遞出一只LV的小袋子。

「這是什麼？」

小由靦腆地笑了。她淡淡地說：「LV的錢包。」

「這麼高級的牌子，到底怎麼了？」

「沒關係啦，沒關係。我剛好有一點錢進來而已。好了，一志，我們走吧。」語畢，穿著迷你裙的媽媽牽著小男孩的手，回到西一番街的路上，直到消失了身影。一志多次回頭向我這邊望，或許是有什麼話想告訴我，但似乎找不到適當的字句可用。

那天傍晚，老媽結束町內會的事情後回來了。她連包包都還沒放下，就在店頭問我：「阿誠，你知道嗎？」

我已經連續顧了六小時的店，累積了不少挫折感，因此連聽都沒聽就先說：「不知道啦！對了，這是小由要送妳的。」

我把禮物遞給老媽，她稍微瞄了一眼看來高級的紙袋，解開緞帶，打開小盒子，裡頭是個押花的錢包。

「這是怎麼回事？」

「我也不知道啊，好像是她碰到什麼好事，手頭變寬裕了。不過她沒告訴我詳情，而且小由很難得穿了迷你裙。」

老媽的表情變得嚴肅起來。她像丟東西似的，把皮包扔回紙袋裡去。

「果然……」

「果然什麼？」

「我剛才不是問了嗎？阿誠你到底知不知道？剛才我在北口一家柏青哥店看到小由，但是她沒帶著一志。和她一起在吃角子老虎區的，是個沒見過的男人。」

突然穿得花俏、化起妝，感覺上手頭並不緊；是因為男人嗎？

「如果她認識了有錢人，那不是好事嗎？」

老媽在胸前盤起手，維持嚴肅的神情說：

「我看過的男人太多了，爛男人大概從身上散發的氣息就可以嗅得出來。那個男的對小由或一志來說，都帶有一種不好的氣息。我說阿誠，你是很厲害的麻煩解決者對吧？」

這還是第一次從老媽口中聽到「麻煩解決者」這個字眼。這和聽到有人問你「何時脫離處男之身」一樣的叫我難為情。我的回答小到快被街上的聲音蓋過去。

「我不知道，大概算是吧。」

「這樣的話，我要委託你，給我確認看看那個男的是什麼來頭。」

「欸……怎麼這樣！」

我沒有處理過戀愛或和外遇有關的麻煩，這種算是街上那些徵信社的工作吧？而且女方又是我認識的人，有很多事不方便做。

「你少廢話！現在就去。那個男的應該還在那家店才對，快點去！」

老媽迅速描述起男子的特徵。我連忙走進店裡，拿起筆記本記下。您瞧，從我老媽這麼粗魯地使喚人，也能充分瞭解她有多可怕了吧。

池袋站北口正面，有一家叫「吉爾伽美什」的柏青嫂店，占去這棟新建的八層住商混合大樓一樓的所有空間。店好像新開似的，一整面都是明亮的玻璃樓面，因此從外面馬路也能夠仔細觀察內部。

如展示櫥窗般把新型機種一字排開的特等席，似乎是為服務女性顧客而設置的專區。明明是傍晚，卻有很多年輕女性聚集在那裡。看得出從左算來的第三位，是小由的背影，但沒有看到老媽講的那個男人。小由一手拿著菸，另一隻手有節奏地按著柏青嫂的按鍵。她的技術好像是準職業級的；她的眼力似乎可以判讀畫面，腳邊堆著兩個滿是代幣的小箱子。

真是奇怪，小由明明那麼討厭很會打柏青嫂的前夫，怎麼會自己跑來打？我假裝在等人，打開手機，在欄杆上坐了下來。池袋站前不知道在做什麼的人要多少有多少，因此我並不特別醒目。

觀察一陣子後，一個穿著春季白色皮夾克、三十多歲的男子來了。他下半身穿的是破爛牛仔褲，手裡拿著兩罐啤酒。他拉開拉環，遞給小由。光是從小由轉過來的側臉，就能看出她被這個男的沖昏頭了。年輕媽媽露出一副快要融化的表情。

男的好像講了什麼笑話，小由靦腆地笑了。男子的頭髮很長，以定型劑輕而易舉弄成整個往後梳的髮型。亂掉的頭髮掉到前額處。他絕不能稱得上英俊，算是個有魅力但已經走樣的男人。

我從欄杆上起身，往柏青嫂店的櫥窗靠近。我一面假裝在打手機，一面正面擺好姿勢，拍下了男子的全身照。然後我又把鏡頭拉近到極限，拍下他的臉。最近手機內建的相機實在小覷不得，男子的長相拍得十分清楚，出現在小小的液晶畫面上。

然後，我決定到能夠窺探店裡狀況的對街咖啡廳盯梢。

不過這時候一志到底在哪裡？在做什麼呢？我完全看不到三歲小男孩的身影。

出於無聊，我以附加檔案把男子的照片寄了出去，收件人是猴子，關東贊和會羽澤組系冰高組的涉外部長。想當然爾，他對池袋的地下世界知之甚詳。簡訊內容我什麼也沒寫，而且因為嫌麻煩，電話也沒打。

就在冰咖啡的冰塊融掉時，我的手機響了。猴子一開口就很HIGH。

「阿誠，你到底想怎樣？」

我看著柏青嫂店。小由和頭髮全往後梳的男子依然沒有移動。一定是打得正順手吧，裝代幣的小箱子又多了一個。

「我沒有特別想怎樣啊。」

我聽到在搔東西的聲音。因為他是猴子，或許是在梳理自己的毛吧。

「開什麼玩笑！你拍了身分不明的男人照片寄給我，當然會在意到不行啊。而且你不打電話給我，也不說明，這樣怎麼知道你要幹麼？你總是能嗅到池袋最新的麻煩，我不可能不在意吧！」

那個男的算是麻煩嗎？我覺得小由這兩年的生活更是一連串的麻煩。

「猴子對這男的有印象嗎？」

「沒有。但這家店是北口的吉爾伽美什吧。」

「沒錯。你怎麼知道？」

「那家店是我們保護的。」

接著我把小由和一志的事情告訴他，也講了這幾天出現的、頭髮全往後梳的三十多歲男子的事。最後，我再把祕藏的情報透露給他。

「這次的委託者，是個絕對不容許我們失敗的人。」

「你不是連京極會或羽澤組都不當一回事嗎？到底是哪一路的惡勢力？」

我深呼吸一口氣，以發抖的聲音說：「我老媽。」

猴子笑了。他那種令人不快的尖笑聲，我忍耐了二十秒的時間。

「這樣的話，我也非得好好幹不可了。畢竟受到你媽不少照顧呢。」

即便在他那個世界，我家老媽也是個名人。可不光只是在猴子小時候免費請他吃鳳梨串的恩惠而已哦。

「好，那就麻煩你了。一講到單親媽媽，我家老媽的眼神就變了。」

「那個男的，光看照片也散發出一種專騙女人錢的氣息。我來問問我們這裡熟悉特種行業的傢伙，以及經營那方面事業為主的豐島開發。」

「Thank You，你幫了我大忙。」

猴子突然一本正經說道：「我說阿誠，你可要好好珍惜你媽呀。」

到底是怎麼回事？猴子平常很少這麼認真。

「講什麼啦，好噁心喔。」

「我國中的時候，曾經和你媽聊過。對於你老是打架、如家常便飯般被帶到池袋警察署少年課的事，她是這麼說的，『那孩子總一天會變成不是為了自己，而是為了別人做事的人。他會變成守護這條街的好男人。』」

我是第一次聽到一看見我就會罵上幾句的老媽說這種話。

「是不是好男人姑且不討論，剩下的部分，阿誠真的變得如伯母說的那樣。這算是我所知道為數不多的成功故事吧。就這樣，再聊。」

和打來時一樣，猴子的聲音突然斷了。我固然超討厭手機，但或許是因為我們突然討論到這種話題，讓我捨不得放下它。

過了一陣子，小由與那個男的離開了柏青嫂機。他們還要拿代幣換東西，因此沒必要著急，但我還是慌張地離開了咖啡廳。四周已經開始變暗，池袋街道的霓虹標誌美得刺眼。

小由勾著那個男的手臂並肩而行。單親媽媽當然也有女人的一面，雖然我腦海中浮現的只有應該人在某處的一志的臉。就這樣走到西口五叉路後，小由與男人道別，一副依依不捨的樣子走下地鐵站的樓梯。今晚，她又要為了生活去製作便利商店的便當吧？這樣的話，她等於犧牲白天寶貴的睡眠時間和男人約會。她的身體承受得了嗎？

我跟在這個男的後面。他的手插在皮夾克的口袋裡快活地走著，像隻浮在霓虹海上的鯨魚。他朝著西口的特種行業街走去。和女人碰面後又去風俗店，我不由得有點佩服這傢伙的猛勁。

他走進去的，是一棟位於池袋二丁目、全是商店租用的特種行業大樓，不過不同於其他客人，他是穿過員工專用的入口走進去的。我回到大樓正面，閱讀霓虹招牌。

一樓是「樂園半套店　口交女孩」，二樓是「角色扮演俱樂部　大人的托兒所」，三樓是「人妻半套店　母親大人」。讀到這裡，我心裡有譜了，知道那個男的所做的買賣，以及他接近小由的原因了。

生在池袋，從小到大我看過許多拿女人的錢吃飯的男人。雖然這不是什麼值得自豪的事，但那方面的基礎教育我還是充分接受過的。

如果那個男的是把女人介紹到特種行業的獵人，一般來說就是跑外勤的人。我預料他不會在裡頭待太久，決定直接在外頭等他出來。到晚餐為止還有時間，我在排滿空垃圾桶的特種行業大樓的小門旁打開手機，選了小由的號碼。她傳來活力十足的聲音。

「什麼事，阿誠？現在我正忙著幫一志弄晚飯。」

太好了。看樣子她至少有好好讓那個孩子吃飯。

「不，沒什麼重要的事。不過我家老媽說，她看到小由在路上牽著一個滿帥的男生。」

小由發出愉快的聲音笑道：「呵呵呵，已經被發現了呀。池袋還真小呢。」

這是當然的，池袋站前的熱鬧街道，只不過是新宿的幾分之一而已。我抬頭看著特種行業大樓的霓虹招牌說：「那不是很好嗎？」

「阿誠你也有點嫉妒嗎？」

我隨便附和她的話。

「與其說嫉妒，不如說是在意吧。不過妳白天要帶孩子，晚上要工作對吧？到底是在哪裡認識他的？」

電話那頭傳來「一志的頭髮沾到飯了」的聲音，只有兩人的晚餐景象使人會心一笑——就像我家以前那樣。小由的聲音又恢復正常。

「偷偷跟你說，這個月我超慘的，錢不夠用又陷入危機。因此我解除了封印。」

「什麼封印？」

小由得意洋洋地說：「我說過我前夫很愛打柏青嫂對吧？但我打柏青嫂的技巧比那廢物要好太多了。我眼力好，直覺也棒，又有技巧。所以之前我帶著作戰資金，到北口的柏青嫂店去賺錢。」

柏青嫂店、吉爾伽美什。事情串起來了。

「然後那個男的找小由說話？」

「沒錯。那個人對穿著破爛夾克的我說，『怎樣才能像妳賺那麼多代幣？能不能幫我按一下圖案？』我幫他按出最後一個7。」

再來的事我大概能夠想像了，不過小由又講了意想不到的話。

「我們兩人一起去喝飲料，那個人很用心聽我講話唷。講孩子的事、工作的事，還有……」

「還有什麼？繼續說說看嘛。」

小由以掃盡陰霾般的口吻說：「阿誠，你這種口氣和那個人一模一樣。我把之前的墜樓意外，還有後來騷擾電話的事都告訴他了。順便也談到我離婚兩年期間完全沒和男人約會過的事。」

迫於生活而緊湊度過的每一天，根本無心約什麼會吧。我不禁感慨起來。

「再怎麼辛苦，都沒有人要聽我說話啊。因此，就突然來電了。說真的，年長的人並不是我喜歡的類型啊。」

不愧是幫特種行業物色人選的專業人士，善於掌控女人的弱點。

「那個人是做什麼的？」

小由的聲音很開朗。

「他說他在夜店工作，酒保或服務生之類的吧，我還不是很清楚。」

「這樣呀，那就好。對了，是我家老媽說很擔心小由，才囉唆地叫我打電話來啦。所以妳隔了這麼久才交的男朋友叫什麼名字？只講他的名也沒關係，和我說吧。」

單親媽媽發出甜甜的聲音說：「好害羞哦。他叫信次。」

「姓是？」

「祕密。」

我說「下次在我家店裡碰面吧」，便切斷了通話。讓我無法忍受的無奈話題。抬起頭往上看，夜空中掛著一面粉紅色的霓虹招牌。

人妻半套店　母親大人

信次不到二十分鐘就從特種行業大樓走了出來。

那時，我對於盯梢也漸漸厭煩起來。雖然電視上那種兩小時警探劇中，盯梢時間都比較短，但實際做這件事，卻是很花時間。這段時間你只能一直發呆、無所事事。如果這是工作倒還好，但像我這種業餘等級實在忍不了多久。

我一面祈禱信次能不能就這樣直接回自己家，一面追著他的背影。他穿過卡拉ＯＫ酒館的拉客員工，往方才的車站方向走了回去。我從錢包中拿出卡片來確認。我明明不通勤，卻為了這種狀況下的不時之需，準備了ＪＲ的Suica卡與東京都地鐵的Passnet卡。

不過信次沒有往剪票口走去，而是又回到北口的柏青嫂店吉爾伽美什。這傢伙和小由的前夫一樣，似乎是個重度的柏青嫂中毒者。距打烊還有兩小時以上，以今天一天的成果來說，已經很夠了吧。雙腿走到僵硬的我，決定就此回西一番街去。

「哦，原來是這樣啊。」我在店內向我們家的司令官報告。老媽的手盤在胸前，呻吟般的如此說道。

我播放了巴哈的音樂筆記簿，平穩的小步舞曲流瀉而出。夜晚的池袋與明亮的巴洛克，這種不平衡感很棒呢。我邊跟著音樂搖頭晃腦邊說：「好了，再來要怎麼辦呢？」

老媽瞬間撇嘴回答我：「沒什麼怎麼辦不怎麼辦！怎麼可以讓小由墮入風塵？要揭穿那個男人的真面目。」

我個人覺得，特種行業也是很了不起的工作。雖然不是什麼值得自吹自擂的事，但也沒必要感到羞恥。不過身為女人的老媽似乎有不同想法。

「阿誠，你去靠近那個人，再多挖一點情報回來。怎麼能把一志重要的媽媽交給這種傢伙？小由可是有那個孩子在的呀，你懂吧！」

是、是，長官、主人！在我們家，老媽的命令就是絕對，而且我也百分之百不想把小由與一志的未來，賤賣給那種中了柏青嫂的毒、幫特種行業獵人頭的傢伙。

⚜

隔天開始，我向老媽借來作戰資金，挑選小由不在的夜晚時段，待在吉爾伽美什。那家店對信次來說就好像自己家，他幾乎每天都泡在那裡。

我開口找他說話是第三天的事。由於我對柏青嫂沒興趣，也按不出圖案來，代幣逐漸減少。機臺的音樂是用電腦合成、粗糙的浩室音樂。我在獵人頭者的隔壁椅子坐下，他略微瞄向我這邊一下。我裝出一副個性不錯的小混混模樣說：「大哥，你好像打得滿順手的嘛。」

他的腳邊有一箱代幣。他只默默地撐大鼻孔，向我點點頭。

「我在這裡看你好幾天了，你每天都贏耶，好厲害哦。」

其實那傢伙前一天打得不好，還粗暴地揍了幾下柏青嫂機。信次露出一副喜形於色的表情說：「還好啦，你是做什麼的？」

我搔搔頭，裝出一副傻傻的樣子。以我來說，這不是演的，而是自然而然如此，因此這角色和真正的我很相近。我決定賭上一把。

「還沒有做什麼。我是幫豐島開發跑腿的，有時候會有人委託我做一些事。」

一聽到「豐島開發」四個字，獵人頭者的眼睛亮了起來。由於西口的特種行業區有一半都是豐島開發管的，這也難怪。

「哦，這樣呀。」

「那個，大哥。你能不能教我玩柏青嫂的祕訣呢？不如我們去吃點東西，咱們好好認識一下。」

愈是拙劣的人，愈想教別人。這件事無論在什麼圈子都一樣。

我們前往位於ＪＲ池袋站北口前方的居酒屋，裡面是現在正流行的那種包廂風格。進去沒多久，我們就熱烈討論起柏青嫂與池袋特種行業的話題。最近固然禁止拉客，但相對來說，免費介紹所與網路廣告卻增加了。自己在家裡印好折價券後再到店裡去，總覺得有點怪怪的。

經過不到一小時的時間，在我們喝光兩杯中杯啤酒與玻璃杯裝的芋頭燒酒後，我把事先準備好的問題拿來問他。我把手伸進粗棉布襯衫的胸前口袋裡，按下百圓打火機大小的ＩＣ錄音筆的錄音鍵。

「信次先生白天都在做什麼呢？剛才聽完你的話，感覺你對這裡的特種行業相當熟悉？」

他的鼻孔又撐大了，指著自己的胸口說：「在池袋這裡從事特種行業工作的人，如果不認識我，那一定是非法工作者。生意好的女人差不多都是我介紹去的。」

「哇，你好厲害喔，真是叫人尊敬。要怎麼樣才能把良家婦女推入火坑呢？」

他把冷盤的番茄放進口中，咧嘴笑了。沾在牙齦上的番茄籽感覺好髒，讓人覺得快要吐了。

「不是推入火坑，是她們自己希望跳進火坑。」

「是這樣子啊？」

信次露出一副遊刃有餘的表情，喝下一口加了冰塊的燒酒。

「簡單講，只要找生活上吃苦或有困難的女人就行了，像單親媽媽這類型的再合適不過。」

我在桌面下握起拳頭。如果能在這裡痛扁這個男的，會是何等爽快之事啊！我冷靜地說：「那你現在應該有正鎖定的女人吧？」

「附耳過來一下。」

他刻意似的放低了音量。

「之前在千川有一起墜樓事故，你記得嗎？三歲小孩從陽臺掉下去的那個。」

「啊，好像有這件事。」

他怎麼開心成這樣子呀？信次的賊笑停都停不下來。

「那個孩子的母親上鉤了。不、不、不，我可是什麼也沒做唷。我只稍微用手指在背後推她一下而已。她一開始就站在懸崖邊搖搖晃晃了。」

確實如信次所言。因為這個社會，小由被迫站在逼近墜落的懸崖邊。這是毋庸置疑的事實。

在居酒屋和他道別後，我朝回家的方向而去。牛仔褲裡的手機響了，是猴子打來的。我打開手機蓋。

「查出那男人的真正身分囉。」

「是幫特種行業獵人頭的，叫信次。」

猴子嘖了一聲。

「如果你已經先知道了，就打個電話嘛。不要害我多費工夫。」

「在麻煩你的時候，我還不知道啊。一直到剛才我都在和那傢伙喝酒。告訴我你那邊的情報吧。」

傳來紙張磨擦的沙沙聲。猴子高聲讀了出來。

「聽好囉。那個男的名叫長沼信次，大約三十二、三歲，住在冰川臺，獨居。他的工作如你所說，是幫特種行業找人。根據豐島開發的人提供的情報，他物色的不是年輕女人，似乎專門找人妻、熟女，是個很差勁的傢伙呢。一開始是半套店或角色扮演店，最後似乎是把女人推進外送色情服務或土耳其浴。每次他都可以拿到佣金。」

這算是一種分階段使人漸漸上鉤的方式吧。沒有脫身的一天、只會愈陷愈深的特種行業大富翁遊戲。西口的熱鬧地帶有很多喝醉的上班族，應該對公司有些什麼不滿吧。其中一人正對著大樓上方的月亮大吼大叫。

「長沼有沒有哪些道上兄弟撐腰？」

「沒有，他只是個差勁的獵人頭者而已。雖然和豐島開發有工作上的往來，但並非他們的成員。」

「我知道了，謝謝。下次我會送香瓜到你組上的辦公室給你。」

猴子呵呵地低聲笑了。

「千萬不要。你應該很清楚，我們老大還沒放棄吸收你呢。如果你跑來露臉，又會被他囉哩八唆地挖角哦。」

我們都笑了，掛掉電話。雖然不知道為什麼，但是獵人頭在池袋似乎很流行。怎麼說呢，這裡都是人才濟濟的地方嘛。

隔天，小由跑到我家店裡來。裝了牽引繩的一志也來了。小由又穿了超短迷你裙，就是一蹲下、正面可以把內褲看個精光的那種。她的臉龐因為睡眠不足而發腫。白天陪一志玩，晚上又徹夜工作，這也難怪。

「能不能讓我把這孩子寄放在這裡兩、三個小時？」

一志的臉色變得比幾天前還要悶悶不樂。他看著母親的眼神是怯生生的，臉上好像哪裡髒髒的，到底有沒有好好洗澡呀？老媽從店裡走了出來，突然瞄準本壘投出球——

「妳是要去和男人約會吧？」

小由聞言怒目瞪著老媽。

「對呀。媽媽也是女人啊，有什麼不行嗎？」

老媽凝視著小由，再看看小男孩。

「並不是說不能跑去玩，而是對象的問題。」語畢，老媽對著來家裡玩的町內會朋友說：「不好意思，幫我們顧一下店可以嗎？我和這孩子有重要的話要談。」

穿著青春洋溢緊身褲的大嬸似乎也察覺到了那種緊張的氣氛。

「知道了，妳去吧。」

老媽率先走上人行道，轉頭對我說：「好了，你也一起來。」

「要去哪裡啊？」

「吉爾伽美什。」

老媽有如裝甲車般把西一番街的人潮分成兩半，一馬當先。小由一面說著「做什麼、怎麼回事」之類的話，一面拉著一志的手跟上。

傍晚的柏青嫂店幾乎客滿。夢想著一舉翻轉人生的傢伙，在這個時代是愈來愈多了。老媽對我說：

「去把那個叫信次什麼的傢伙帶來。」

小由露出難以置信的神情看著我和老媽。

「妳們兩個到底在做什麼？」

老媽正色說道：「因為擔心妳，我們稍微調查了一下。妳真是沒有看男人的眼光。」

我從信次那裡聽說，兩人約會總是約在吉爾伽美什這裡。我騙他說想介紹豐島開發的人給他認識，把他帶出了店外。一看到小由，信次的臉色變了。

「你！我有話要和你說，過來一下。」

一旦老媽以這種重低音的要脅口吻講話，池袋一帶應該沒人敢反抗吧？信次慌張起來。

「阿誠，這是怎麼回事？這個大嬸是誰啊？」

我對著老媽深深一鞠躬。

「大姊，這傢伙要怎麼處置？」

信次的臉色發青，大概以為老媽是某位黑道組長的太座吧，不過我們家的最終兵器根本不是那種可愛的東西。老媽以下巴指向對街的咖啡廳，就是幾天前我用來盯梢的那家店。

「你不必管，讓我來講。」

五個人圍坐在窗邊的桌前。唯獨一志，我們找來了兒童專用椅，讓他坐壽星專用座。

或許是因為不瞭解我和老媽的來歷，信次慎重地說道：「阿誠，你之前之所以接近我，是為了要調查什麼嗎？」

我隨便點了個頭。老媽講出一句糟蹋我演技的話。

「我在西一番街經營一家叫『真島Fruits』的水果行，是小由的朋友。」

信次的態度驟變。

「什麼嘛，那阿誠，你又是誰？」

「我是在那裡顧店的。」

信次交互看著我和老媽的臉。一直隱藏著的祕密爆開來了。

「你們是母子嗎？」特種行業的獵人頭者發出令人不快的笑聲。他把身體靠在椅背上，不可一世地說：「賣水果的找我有什麼事？」

老媽單刀直入、乾脆地說道：「請你和小由分手。反正你只是為了錢才和她交往吧？把你真正的工作告訴她。」

信次手往桌上一拍，一志嚇到拿著橘子汁跳了起來，店裡頓時變得鴉雀無聲。

「我要做什麼是我的自由，還是說，池袋這裡禁止談戀愛？」

「阿誠，放給他聽。」

小由屏息地看著事情的發展。現在要針對她睽違兩年才出現的戀愛對象，公布其最差勁的真實身分。我相當沒勁地按下錄音筆的播放鍵，播出她絕不可能聽錯、信次的聲音——

「在池袋這裡從事特種行業的工作的人，如果不認識我，那一定是非法工作者。生意好的女人，差不多都是我介紹去的。」

那傢伙和我的對話就這樣持續了數十秒，聽到「不是推入火坑，是她們自己希望跳進火坑」那裡，小由的臉整個紅了。我說道：「你叫長沼信次，是專門物色人妻進特種行業的，對吧？」

信次不滿地大吼：「你們對我做這種事，不怕會有什麼下場嗎？豐島開發可不會坐視不管的！」

「你到最後的最後，還是一樣滿口謊言啊。」

我抽出手機，這一次要打給真正的教母——雪倫吉村。她是豐島開發的老大多田三毅夫不知道第幾任的老婆。以前我曾經因為他們兩人的次子廣樹被綁架的事件和他們牽扯上關係❻。昨晚，我已經事先和他們商量好了。我幫藝人雪倫想的臺詞是這樣的——

「照這些人講的去做。如果不聽我和多田的話，你在池袋這裡會待不下去唷。」

信次的臉色又變了。大概是因為搞不懂我和老媽的真正身分吧。

保險起見，我又加了一句——

「如果不想被豐島開發禁止進出那些店，就不准再對小由出手。聽到了嗎，長沼？」

他默默地點點頭。我也對小由說：「妳也是，這樣子可以吧？」

❻參見《計數器少年：池袋西口公園2》。

小由流著淚點了頭。一志舉起雙手，做出「萬歲」的動作。不過我想他應該不懂這個動作的意思吧？

⚜

走出北口的咖啡店後，我們回到我家的店。只花了區區三十分鐘。老媽對著打算回家的小由說：「我有話和妳說，上二樓來。」

小由和老媽先上了樓梯。我折了一根香蕉準備遞給一志。三歲小男孩渾身僵硬起來，這是我至今未曾見過的反應。

「不要怕，只是香蕉而已。」

一志惶恐地接過香蕉。

「給我看一下。」

我捲起一志長袖T恤的袖子，確認他那細細的手臂上頭有幾道瘀青。我又看了另一隻手：這邊也有幾道瘀青。

「很痛吧。是媽媽對你凶嗎？」

一志緊握著香蕉，抬頭看我。

「一志、壞孩子。媽媽、沒有錯。」

這已經不只是人渣般特種行業獵人頭者的事了。我抱起一志，走上樓梯。他到底有沒有好好吃東西？一志像羽毛枕一樣輕。

小由和老媽在建好超過二十年的餐廳兼廚房裡交談。小由哭著說：「發生那件意外後，我已經不知道該怎麼辦了。孩子很重要，我也很愛他啊！可是就算我為他奉獻一切，別人也只會說『那是理所當然』而已。晚上我沒睡去工作，白天又要帶孩子，想出去玩一下，別人就說妳不配當媽媽……」

小由瞄了一眼一志，別過頭去。

「有時候，我會變得好恨這孩子。要是沒有他的話，我可以去找正職工作，可以和朋友出去玩，可以和年輕女孩一樣打扮入時，也可以談戀愛。全是被這孩子害的……都是被一個我不喜歡的男人的孩子害的……」

我讓一志站在椅子上，捲起長袖T恤的袖子。我覺得自己的聲音中並不帶有責備的口氣。

「所以妳就開始打一志？」

一志拚命解釋：「一志、壞孩子。媽媽、沒有錯。」

老媽看著小男孩，然後把視線轉向我。那是我未曾見過的溫柔眼神。老媽對小由說：「妳說什麼都覺得辛苦就是了。」

小由雙手掩面，哭了出來。

「很辛苦啊。就像那個男人講的，我站在懸崖邊了。」

單親媽媽從指縫間看著自己的孩子，喃喃說道：「或許我已經在墮落了。」

「這樣呀。」

我想不出什麼解決之道。這個世界是由沒有出口的悲傷與貧困構成的，沒有人能夠設法解決這些問題。

此時老媽說道：「既然如此，妳就捨棄孩子吧。」

她在講什麼啊？我和小由吃驚地凝視著老媽。老媽看著我，又露出笑容。

「照現在這樣，妳會活不下去，或許會把孩子殺了，或是把自己賣了。既然這樣，就捨棄孩子吧，像我以前那樣。」

可是我沒有被捨棄過的記憶。

「因為妳是努力到快撐不下去了都還無計可施，所以就算捨棄孩子，也沒有人會責備妳。而且雖說是捨棄，也不過是在妳重建生活之前暫時托給別人而已，不是什麼難為情的事。我已經和以前認識的社工人員講好了。」

老媽看著我說：「阿誠的爸爸在這孩子出生後不久就因故去世，雖然留給我這家店，卻也背了一屁股的債。我只能一個人工作，所以把還是嬰兒的阿誠托給別人照顧。從他剛出生起整整兩年，我連奶都沒餵過就捨棄了他。我想過好幾次，自己是個糟糕的母親，捨棄了自己孩子。可是我沒有被這種想法打敗。那段期間我拚命工作，存到了還債的錢，然後就好好的去把他給接回來。」

我既無記憶，也是第一次從老媽口中聽到這件事。

「他就這樣長大成人，雖然沒什麼錢，但是只要池袋這裡有人碰到麻煩，不管自己如何，他都會到處奔走、幫忙解決。他已經成為一個很了不起的男人了。妳聽好，小由。只是稍微捨棄一下孩子，沒關係的。他們自己會好好長大，也會開始講些難聽的話，說什麼『死老太婆、去死』之類的。」

我不想被老媽看見眼淚，低下頭去。一志自己爬下椅子，移動到小由腳邊。他用還留有瘀青的手臂抱住了媽媽的腳。

「媽媽、沒關係。媽媽、沒有錯。」

小由蹲下來，緊緊抱住三歲小男孩。為了不驚動小由與一志，我走回自己的房間。因為洗好臉後，還得回去顧店。

結果，小由把一志托給了社福機構。時間以一年為限，她決定要利用這段期間存下托兒所的錢。據說還有很多單親媽媽不知道有公家資源可以提供協助，把生活和育兒全背負在自己肩上，結果家庭漸漸毀壞。日本單親媽媽的年收入在僅僅四年前的調查中，平均是一百六十萬圓；據說離婚後好好支付養育費的男人，還不到一半。ＧＤＰ全球排名第二的經濟大國就是這種現況，在這種年收入下「連餬口都很勉強」是毫不留情的正確描述。我覺得如果孩子們是日本的未來，我們一定還有可以採取的對策才是。

就在染井吉野櫻染上的不是花的顏色，而是水彩顏料的那種綠色時，小由穿著求職用套裝出現在我家店裡，一志則沒來。老媽對她說：「很適合妳呢。要去面試嗎？那妳要有活力一點啊！」

我向她遞出串好的網紋香瓜串。小由傾前吃下香瓜，小心沒讓汁滴下去。

「一切的一切都很感謝。我好尊敬阿誠的媽媽。今後我要接受的不是契約員工也不是非正職員工的考試，而是正職員工的測驗。雖然只是貨運公司的事務工作，順利的話，可以有兩倍的年收入。」

老媽回說：「這樣呀，太好了呢。讓他們瞧瞧單親媽媽的潛力吧。」

小由抬頭挺胸，在西一番街的人行道上漸行漸遠。我站在老媽身旁，目送著她那藏青色套裝的背影。我沒看向老媽，說道：「我還是嬰兒時的事，以前都不知道。」

老媽若無其事地說：「沒錯，但我還是很煩惱呀。每當阿誠在國中、高中時鬧事，警察找我去的時候，我就會覺得是不是因為你還是嬰兒時和你不夠親近，你才會變成這樣。所謂的父母，是很吃虧的角色啊。無論孩子做出什麼事，都會覺得那是自己的錯。」

我偷瞄了一下老媽的側臉，總覺得那是還不壞的表情。那種氣氛下，如果我突然脫口而出，它好像可以變成某種高雅的表情。包含二十多年的心情在內，我想對她說聲謝謝，可是敵人動作更快。

「你什麼時候也讓我抱個孫子嘛。我們家爸爸可是比你受女孩子歡迎多了。」

「好啦好啦，我知道啦。」語畢，我從店裡飛奔到街上。

到夏天之前我一定要交到女友，向那個老媽爭回一口氣。春天的池袋，女生們很快就會出現漂亮時尚的打扮了，不過身為女性最重要的氣度與膽識，還沒人能跟我老媽相比。

我吹著口哨，抬頭看著站前的天空。四月那片看似慵懶的天空，有時候會出現雪片般漫天飛舞的花瓣。我想在空中描繪出嬰兒時的自己與年輕時的老媽，腦海裡卻全無痕跡浮現。那些嬰兒時的記憶整個消失、連痕跡都不留下。或許就是因為這樣，我們才能絲毫不覺害臊地走在街上。

池袋ウエスト
ゲート
パーク

池袋清潔隊

你可知道，在東京這個二十一世紀也一樣走在最尖端的地方，最酷的事情是什麼嗎？

不是在薄薄的液晶電視裡露臉、那些帥到太超過的男藝人，也不是米蘭製、一件要價二十萬圓的夾克，更不是售價超過兩千萬圓的高級進口車。只要你在我們每天所走的路上稍微注意一下，應該就會發現——

竟然是撿垃圾！

這批人或為學生，或為上班族，或為非正職的日薪派遣工作者。每個星期一晚上，他們就會在身上綁上黃色的印花大手帕，集合到夜晚的西口公園來。在他們腰上綁著的腰包裡，裝了幾個便利商店的塑膠袋。並沒有什麼人擔任指揮，這群池袋清潔隊成員一到晚上七點，就會分成以幾個人為單位的小組，把夜晚街道上的垃圾一個個撿起來。

當然這麼做連一毛錢也拿不到，也不是東京都的清掃局❶的委託。不過不知道從何時開始，有某個人領頭這麼做，等到一回神，就已經擴增到這麼多人了。它或許純粹只是志工活動而已，但我是屬於抱持懷疑眼光的那一方，因為任何行為背後一定都會產生某種反應吧？

那樣的作業可以讓自己居住的街道變得清潔，如果只是單純因為能讓心情很好，不就已經是很棒的理由了嗎？我們過度習慣於資本主義的那套場面話——賺不了錢的勞動就很可疑——已經太長一段時間了。不過，在這個所有資訊與搜尋都變成免費的世界裡，我認為那種想法早已經過時了。

這次要講的，是一則在街上拓展清潔隊規模、相當了不起的高材生，以及君臨池袋東口的天空之王

❶二〇〇〇年後已更名為「東京二十三　清掃一部事務組合」，為轄下二十一座清掃工場（焚化爐）的主管機關。

的故事。唔，說穿了，他們兩人其實是父子，但因為這種大得離譜的差距，使得故事變得略微複雜。

我的工作很難得受到了這位高材生讚許，因此我們到現在還是好朋友。雖然王子他已經回到天空那裡去——你可能會覺得這很像什麼《天空之城》（宮崎駿動畫），完全看不出故事會怎麼發展，不過沒關係，反正一切遲早會明朗化。到時候，你一定也會想從明天開始就到街上拚命去撿垃圾吧？

撿垃圾是超開心的工作，撿完之後一起去喝一杯也很HIGH呢。

反正城市是我們每天居住的家，好好打掃也是理所當然的事嘛。

要說到池袋今夏最大的話題，壓軸的該屬在太陽城隔壁蓋好的「池袋中城」吧？在電視的八卦節目裡，你應該也曾經看過報導吧？就是那個嘛，擔任播報員的女大學生發出刻意的歡呼聲介紹過的那棟建築，還講著什麼「好時髦、好可愛」之類的形容，但她那張嘴平常明明只會說「好噁心、好煩人」而已呀！

在廣大的公共綠地上興建起來的，是高五十五層、只比太陽城矮五層樓的雙子星大樓；一邊是商業棟，另一邊是住宅棟。池袋雖然屬於副都心，卻不是那麼高級的住宅區。過去我從沒想像過，在池袋這裡會蓋出要價兩億圓以上的豪宅。

商業棟下面七個樓層，設計為讓餐廳或精品店能夠寬敞營業的商業空間。我去過一次，但徹底投降了；明明才隔一條路，在這一頭可以吃到三百八十圓的拉麵，那一頭的午餐菜色卻要價兩千圓；海外品牌的襯衫一件兩萬，牛仔褲一條也要三萬。總覺得那裡的概念似乎不把M型社會下層的那一半當成銷售對象。

我成了個剛到東京的鄉巴佬，在中城裡東逛西晃，什麼也沒吃、沒喝、沒買的回來了。明明是自己住的地方，卻有種被當成外人看待的感覺。在我們這個時代，同住一座城市，卻存在著處於不同發展階段的另一個國度。

就是這樣的時代。

那晚是個悶熱得要命的星期一。我原本就不愛空調，因此很少開冷氣。在打烊後接近午夜時分，我穿著牛仔褲和迷彩色的無袖背心出去散步閒晃。雖然我很想穿短褲，但男生的小腿實在不好看。

晚上再怎麼悶熱，一到外面至少會有一點風吹來。我走遠路繞了一大圈，目的地是西口公園。沿著浪漫通在常盤通左轉，再來只要悠閒地走在劇場大道上，就是我家的院子池袋西口公園了。

由於是夏天的夜晚，拉客小姐還是一如往常全體出動。亞洲各國的美女軍團在那裡發送傳單，今年穿超短熱褲的比迷你裙要多。不過我這個看來和錢無緣的人，她們連店家的傳單也不會給我。

在短暫散步期間，我注意到一件事——街道變得比以前乾淨許多。任何眼睛看得到的地方，都沒有垃圾掉在地上，或許是託清潔隊的福吧？畢竟，他們每個星期一都會幫我們把停留在街頭壘包上的跑者們清掉。

我帶著好心情一面哼著歌，一面走進圓形廣場。

❦

我在長椅上坐下，恍惚地看著夏天不見星星的明亮夜空。

對我來說，就這樣看著天空一小時的時間，是用來確認自己確實毫無怨言地活著的瞬間。這種時候最好不要聽那種好像會有很多道理在其中的現代音樂。此時，我的ＣＤ隨身聽裡放的是莫札特的第十五號嬉遊曲❷，這是天才莫札特為了某個有錢人的派對而飛快寫成的名作。好幾雙透明的翅膀張了開來，振翅往夜空飛去。連像池袋這麼髒亂的城市，旋律的翅膀似乎也能把它整個帶進天空裡。

這時，不知道是誰發出叩叩聲敲著我坐的鋼管長椅。我把臉從緩緩出現灰色雲朵的夜空轉回來，看到眼前是一個戴眼鏡、手上拿著一把撿垃圾用長鑷子的男人。他穿著洗到褪色的牛仔褲以及白襯衫。我一拔下耳機，男子便微微一笑道：「你的腳能不能讓一下呢？有菸蒂掉在那裡。」

❦

我連忙移開我的籃球鞋。他以熟練的動作夾起菸蒂，裝進白色塑膠袋裡。好像沒有別的垃圾了，他卻沒有要離開的意思。他盯著我看，好像在打量著什麼；該不會是我超棒的三圍吧？

「你有什麼話要說嗎？」

男子挪挪眼鏡，保持著充滿耐心的微笑。

「你是真島誠先生，對吧？我從某個人那裡收過你的手機照。他告訴我，有機會的話和你多往來，會比較好。他說如果要在池袋這裡做什麼事，先和阿誠先生交朋友，絕對沒壞處。」

他說的「某個人」會是誰呢？我在心裡祈禱不要是和黑道相關的誰才好。因為我希望能生活在和黑道不同的另一個世界，一如我想生活在不同於池袋中城的另一個世界。

「那個人說，他是阿誠先生的朋友，他姓安藤。」

原來是和我一樣到處露臉的池袋孩子王。這個男人極其敏感，光看我的臉色就知道我在想什麼。他大概二十五到二十九歲吧？一直盯著我看，問道：「我可以坐在你旁邊嗎？」

他把塑膠袋揉成一團放進腰包。在長椅上坐下後，他正眼直視著我說道：「我叫桂和文，我的工作從三個月前開始就是撿垃圾。」

真是有趣的男人！池袋清潔隊出現正是今年春天的事。由於一群沒看過的黃色隊伍出現在這裡，G少年一開始似乎也相當警戒，但清潔隊卻是個除了撿垃圾之外無他興趣、極其平和的組織。

「所以你就和崇仔認識了。要想在這裡讓年輕小鬼們動起來，一定要先和G少年談好才行。」

「是啊。現在也有幾支G少年的小隊加入我們星期一的清掃作戰。」

不知為何，一個人的家教好壞只要從一句話就能判讀出來。毫無疑問，和文是個高雅的人。無論是

❷ Divertimento：一種流行於十八世紀歐洲宮廷、上層階級的組曲，通常演奏於娛樂、社交或慶祝場合，相較於小夜曲（Serenade）主要是在室內演奏。它的樂器組成、樂章數目和形式都十分自由，沒有嚴格限制。

西口公園的撿垃圾活動，還是在外資飯店舉辦的派對，這個人似乎都能自然而然地融入其中。

「你有話要說，是不是表示你碰到了什麼麻煩？」

和文瞄了我一眼，露出直率的表情微微一笑道：「目前為止似乎沒有碰到什麼麻煩，不過我們還是遇到各種狀況。如果真有什麼麻煩，請阿誠先生務必提供協助。拜託你了。」

在西口公園想和我握手，真是個怪異的男子。他從長椅上站了起來，打算去找下一個垃圾。我對著白襯衫的背影說道：「我問你。要加入清潔隊是不是需要什麼特別審查之類的？」

他回頭，在夜晚的公園裡把長鑷子轉了過來，閃閃發亮。

「沒有。只要你人過來撿垃圾就行。我們會送你黃色的印花大手帕唷。阿誠先生也要參加嗎？」

「今天太晚了，不要好了。下星期如果我想來再來吧。」

「好，那等你來。」

池袋清潔隊的隊長與其他成員會合後，回頭清掃圓形廣場去了。

⚜

我又回到沒有星星的夜空中觀測天體。想到剛才的事，我拿出手機。我的手指早已記住崇仔的號碼，不用看也能操作。我對著才響一聲就接起電話的代接說：「能不能幫我把國王叫來？我是陛下他專屬的小丑。」

代接者沒有答腔就交給了崇仔。

「什麼事？小丑怎麼突然打電話給國王啊？」

崇仔的聲音如冰一般的冷酷，在夏夜裡聽起來格外舒適。

「我碰到一個叫桂和文的少爺，他說你向他介紹過我。那個男的是何方神聖？」

崇仔笑了，像盛夏裡的小小暴風雪。

「桂Reliance。」

出現一個出乎我意料的名字。

「欸……」

「阿誠你應該也知道吧？這是重新開發池袋中城的開發商名字。社長是桂啟太郎，他的獨子就是那位桂和文。」

桂Reliance在東京各地經手都市更新事業，也有好幾棟超高層大樓。我記得東邊那裡新建的數位電視用電波塔，他們也有參與。社長啟太郎由於有一兆兩千億圓的個人資產，經常登上商業雜誌封面。

「這樣呀，但他的獨子卻在西口公園撿垃圾是嗎？好像是很有趣的一對父子呢。」

「嗯，不過那種有權勢者的兒子，如果先籠絡進來，搞不好會是隻肥羊呢。所以我把你介紹給他。」

國王輕笑了一聲，但聽了不舒服。

「為什麼？」

「那男人打從心底不相信我。不過像你這種好好先生，應該會跟他很合得來吧。」

是這樣子嗎？他是個擁有池袋中城、天空之城的王子，我卻是個緊貼在地面的水果行店員。那時候我還完全看不出我與和文之間的共通點。我實在太好說話了。向崇仔道謝後切掉電話。

在那之後，一直到我聽完整張嬉遊曲為止，我都在西口公園吹著夜風。

隔周的星期一，我到西口公園去，時間是夏夜的晚上七點。有如祭典般的人潮塞滿了廣場的一半。有很多我認得長相的G少年與G少女，光是打招呼就累死我了。

和文站上了位於公園一角的舞臺，嘴巴對著小型擴音器說：「晚安，今晚也感謝大家的參與。池袋清潔隊沒有規則，也沒有上下之分。從現在起的兩個小時，請大家快樂地打掃街道，然後各自隨興地HIGH起來吧！」

幾百名成員給了安靜的回答。有幾組已經組成隊伍的醉漢發出怪聲，但沒有人去在意。畢竟人數多到這樣，池袋警察署還派了幾個警官來巡邏，不過也只是背著手在一旁觀看而已。

在自由意志下集結起來的黃印花大手帕團隊，又在自由意志下解散。每個人都拿出了白色塑膠袋，因此發出有如鴿群飛向天空般的聲音。就在我正要幫經常受它照顧的圓形廣場撿拾垃圾時，有人出聲叫我。

「阿誠。」

我轉過頭，中城的王子與孩子團的國王站在那兒，兩人手上都拿著與王室完全不搭的塑膠袋。唔，撿垃圾這種事，就交給像我這種出身下賤的人就好了嘛。

「垃圾這種東西，崇仔你也會撿啊？」

他臉上毫無笑容，使用著全新的長鑷子，以秒速撿起一個果汁罐的拉環。

帶金屬光澤的短袖襯衫，是今年的流行吧？由於我是庶民出身，對價格在意得不得了。雖然布料那麼單薄，但應該也要五萬圓上下？

「阿誠，有你的工作。」

國王隔壁的王子微微一笑。

「桂Reliance與和文之間的關係曝光了。在重新開發池袋中城的過程裡，桂集團也做過不少不合理的事。已經有幾件脅迫意味的東西寄來了。」

「這樣呀。」

因為有錢而被鎖定，像我這種的窮苦人家最安全。和文說：「今晚是清掃日，眾目睽睽之下我想應該沒有問題，而且也有崇仔派的護衛在。明天能不能找阿誠聊聊？」

「可以。」

我一講完，崇仔向我遞出塑膠袋與長鑷子。

「幹麼啦？」

「這個鑷子送你。雖然打掃兩小時可以讓我心情平靜，但不巧我沒有這樣的閒工夫，G少年的成員給我惹了各種麻煩。」

可憐的國王。不知道有幾百個還是幾千個人居住在他的領地內，但要我治理這麼多人，我可是要考慮一下。

❦

那晚，我和幾個認識的G少年一起邊撿垃圾邊走在池袋街頭。公園、地下道、人行道，以及西口的鬧區與風化區。在最底層看到的街道，明明充滿各式各樣的人，卻安靜得出奇。在都會裡，無論人再怎麼多，都還是會有一些零星的、如黑洞般的無人場所。一進到這種地方，無論是霓虹燈的亮光、在這裡累積的財富，或是身材好到不行的女人，看起來都變得有如幻象。在都會裡一直盯著地面撿垃圾，很像在研究哲學，我們可以從中學習到這個世界上與下的相對性。

下個星期一，你要不要也到西口公園來看看呢？一定能體會到M型社會這種不起眼的小事。

❦

可惜，和平的思考只維持了一天。

隔天早上，我被崇仔打來的電話吵醒，在四疊半房間的墊被上打開手機。

「阿誠嗎？是我。」

「什麼事啦，這種時間打來。」

牆上的鐘指著上午十點多。在不上市場的早晨，我一向都是這樣意興闌珊。

「和文不見了。」

「你說什麼？」

我穿著短褲和無袖背心跪坐起來。由於剛起床，當然還是一頭蓬亂的頭髮。絕不能讓我的粉絲們看到我這副德性。

「不是有G少年跟著嗎？」

國王發出咬牙切齒般的聲音：「是有人跟著，除此之外似乎也有清潔隊的成員。但他消失了，手機也打不通。他住在立教通街頭的公寓，人沒有回去那裡，而且……」

這時候我依然把手機靠在耳朵上，一面在穿牛仔褲。

「而且什麼？」

「似乎有人打電話到桂Reliance去。」

「等一等。」

總覺得事情進展得太快了，我跟不上。我把皮帶束得比平常緊一格，在書桌前的椅子上坐下。

「為什麼崇仔會有桂Reliance的情報？如果是綁架事件，警察行動了嗎？」

崇仔在電話那頭笑了。

「沒有。桂Reliance似乎盡可能希望不動用到警察；他們找了退休警官開的保全公司。今天早上他們也聯絡了清潔隊的成員和G少年，煩得很。」

崇仔的笑聲變大了。這到底是什麼意思？

「一定也會有人去找阿誠吧。」

「為什麼？我只有站著和桂和文講過話而已耶。」

這次，崇仔毫不隱藏地放聲大笑。

「我已經把你的名字告訴他們了。你聽好，阿誠，他們關心的只有委託人桂Reliance的立場而已。你就好好介入這次事件，出手幫幫和文與清潔隊吧。知道了嗎？」

「喂，等等啦。」

沒有回答。耳邊只響起通話切掉後的嘟嘟聲。這時候老媽的聲音從樓下傳來。

「阿誠，有客人唷。」

我的災難依然沒有結束。

一下樓梯，便看到兩個在這種大熱天也穿著灰色西裝的男子站在那兒。由於背景是盛夏的西一番街，暗色反而顯得醒目。我最先想到的字眼是「單純」，是前警官講過的一句話。他們是由一個高個子與矮小但胸膛厚實到約莫與肩同寬的男子所組成的二人組，兩人都是三十五歲左右。矮小的那個遞出名片，說道：「我們是Superior警備保全的角田與大久保，你是真島誠先生嗎？」

老媽以一種「你一定做了什麼壞事」的眼神看向我。

「是我沒錯，但關於小開的事，我什麼也不知道呀。」

矮小的那個微笑道：「我們從安藤君那裡聽說了，據說你是池袋有名的麻煩終結者。不過我們是專業人士，只想簡單找你問幾句話而已，並沒有找業餘者來幫忙的意思。」

真教人火大。我完全不想講任何一句話來幫忙他們。

「這樣呀。什麼桂Reliance的，我本來就沒聽過，和文也不是我的朋友。我沒有什麼要說的，你們快滾吧。」

實際上，我是真的什麼情報也沒有。高大的那個灰色西裝男子說：「你最後看到和文是什麼時候？」

「昨天晚上七點多，在WEST GATE PARK。」

他露出奇怪的表情。

「那是哪裡？」

「就是西口公園啦。」

「真無聊耶。」

這次換矮小的那個堆起肩部的肌肉對我說：「這次的事，桂集團下了對媒體與警察的封口令。也請真島先生不要告訴別人。那再見了。」

應該不會有再見面的機會了。

現役警官還比這種外恭內倨的傢伙要來得可愛。老媽知道我在想什麼，說道：「阿誠，要不要撒個鹽？」

我聳聳肩，回到樓上自己的房間。

❦

那天是平靜的一天，什麼事也沒發生。反正，我也無意介入和文的失蹤事件，因此平靜也是理所當然的。我賣了西瓜、櫻桃、西瓜、香瓜，又賣了西瓜。夏天時，水果行的營收有一半以上都來自又大又重到不行的西瓜。就算你在冰箱裡冰得再多，都可以馬上賣掉，沒完沒了。或許這代表日本的景氣在復甦了吧？雖然只復甦了一點。

我一面聽著莫札特的嬉遊曲，一面度過一個優雅的夏日。

❦

那晚過了十點，出乎意外的訪客來了，是頗為筋疲力竭的灰色西裝二人組。到底哪個是大久保，哪個又是角田呢？擔任發言人、比較矮小的那位說：「非常不好意思，能不能請您出手幫忙我們呢？」

光是講出這句話，似乎已經為專業人士的自尊所不容。矮小的那個人變得滿臉通紅。我一如往常正把快要壞掉的香瓜切成十二等分，只要插上免洗筷，一根就是兩百圓。由於放到明天就會變成垃圾，因此是很有成效的再利用。

「我不要。」

我默默地切著網紋香瓜。每天都磨的水果刀，切起來很順暢呢。

「今天早上有失敬之處，實在很對不起。來，大久保。」

矮小的那個看向後面。穿著灰色西裝的兩人在我們家水果行門口深深一鞠躬，實在是一番奇景。我拿起兩串香瓜遞給他們道：「吃吧。你們會向我低頭，一定是碰到相當棘手的事吧？說來聽聽。」

於是我們三人便在西一番街的欄杆上坐了下來，邊吃香瓜邊談。

矮小的那個角田是這麼說的。

桂Reliance接到電話是一大早的事，最先接通的是公關室，然後轉到祕書室，最後再轉給社長桂啟太郎；真是個有耐性的綁架犯。然後，犯人終於講出關鍵事項。

「你的獨子在我手上，贖金三千萬圓。這對你來說只是零頭而已吧？今天以內給我準備好。我們無意殺你兒子，而且因為這種程度的小錢就驚動警察，對公司也不好吧？」

對於這種不上不下的贖金，我總覺得哪裡怪怪的。

「他是說三千萬嗎？對那個中城的主人這麼說？」

角田向我點點頭。他隔壁的大久保以一種「你是犯人同夥嗎」一般的眼神看過來。

「沒錯。他說『無意殺害』這點也滿奇怪的，一開始還以為是低級的玩笑。可是社長窮盡一切方法，都聯絡不到和文先生。後來去找一個叫清潔隊的組織確認，結果也是一樣。」

幾個聯誼結束的小鬼走過我面前，男的女的耳朵上都戴著耳環，有一半的人還刺了看來粗糙的機器刺青。那不是父母給的重要身體嗎？

「所以今天到底發生了什麼事？你們的態度也轉變得太突然了。」

灰色西裝的兩人在欄杆上面面相覷。矮小的前警官說：「你的腦子轉得真快啊。今天傍晚六點，準備好三千萬圓後，我們在西口公園的巴士總站附近撒網。」

就在離我們這裡很近的地方，原來有這樣的交易啊。東京這個城市，你真的不知道它什麼時候會發生什麼事。這麼說來，之前澀谷好像也有過溫泉爆炸的事？矮小的那個繼續說道：「按照計畫，我們會把錢給對方。不過由於不能任對方就這麼逃跑，我們會尾隨在後，以確保和文先生的安全。是個很流暢的作戰計畫。」

然而現場隨時都會發生無法預測的事。我說：「有人出包嗎？」

「沒錯。」

「接下來簡單講就行了吧，因為是我們自家的丟臉事。」

角田從上衣內袋中拿出手機，不知道和誰講了一句話，馬上切斷。

「有個動作過快的年輕人擅自行動，被對方察覺到我們在跟蹤。犯人有三個，但他們丟掉裝著錢和發信器的袋子，躲到地下去了。」

對不熟悉的人來說，池袋站周邊的地下通道就好像迷宮一樣。

「你們派多少人盯梢？」

「七十人的陣仗。」

「其中有人熟悉池袋的嗎？」

角田搖搖粗脖子。

「應該有幾個人，但我不清楚。」

「這樣呀。」

如果是我和G少年聯手，那些傢伙不管跑到哪裡應該都能追得到吧？管你再怎麼專業，有時還是會敗給熟悉地理環境的游擊隊。

「也就是說，綁架犯是和這裡有地緣關係的傢伙嘛！我知道了，明天開始我來幫你們。」

我準備回店裡去，也差不多該打烊了吧。此時，一部碩大、有如鯨魚般的黑色車子在我眼前停了下來，是賓士旗下的高級品牌梅巴赫（Maybach），全長約六公尺，價格是連M型社會上層都會咋舌的四千萬圓以上。角田憐憫似地說：「沒辦法那樣哦，社長在等你。真島先生，能不能請你移駕到中城？」

附有冰箱、書桌與電腦的車，我有生以來還是第一次坐。後座空間也很寬敞，足夠讓我長長的腳蹺二郎腿。與其說這是汽車，不如稱之為移動的書房。車內四周是皮革與木頭。在這種環境下寫稿的話，似乎能比在我房間時寫出更棒的文章。

可惜難得有這種像在雲端般搭車兜風的機會，卻只持續了不到十分鐘。黑色鯨魚開進池袋中城商業棟地下停車場的大門。在附有兩道安檢關卡的電梯裡一口氣上到最頂層，為了消除耳內的疼痛，我還吞了兩次口水。

門打開，前方是個鋪著軟綿綿地毯的寬敞大廳，有具現代感的枝狀吊燈，以及長達兩公尺的抽象畫。和我同樣與此地不搭軋的角田說：「這裡是社長室，跟我來。」

在走廊上轉了兩個彎，就不曉得自己人在哪裡了。角田敲了門後打開，讓我先進去。正面是一片東京的夜景，腳下百萬盞的整片街燈，可以讓任何人誤以為自己是成功人士。房間中央的沙發組上，坐著六個圍住地圖的男子。臉朝窗外的男子轉過頭來，說道：「多謝賞光。我是桂啟太郎。」

事情的發展又讓我跟不上了。

「和文的事我可以幫忙，但為什麼突然把我找來這裡？」

啟太郎的身材中等，卻是一個很有魄力的男人。他很像《教父》第二集中的艾爾．帕西諾，是個為保護家族什麼都做得出來的男人。他的頭髮一半是白的。

角田說：「交付贖金失敗後，對方又聯絡了，這次指定了交涉人。」

在有五十疊榻榻米那麼大的社長室裡，所有人的視線都集中在我身上。

「該不會是我吧？」

完全莫名其妙。

中城之王說：「就是你。抱歉勞煩你，請務必幫忙。和文雖然不是桂Reliance的人，對桂家而言卻是重要的香火，我不能失去他。」

保全公司的男子們投過來的視線讓我很難堪，我算是個被捲進專業遊戲裡的業餘者嗎？

啟太郎說：「冒昧一問，你與和文是什麼關係？」

我們有什麼稱得上關係的東西存在嗎？

「昨天我和他一起在西口公園撿垃圾，除此之外我對和文一無所知。」

角田從旁插嘴道：「這位真島先生免費幫忙解決池袋這裡的麻煩，有點像是斡旋者，在池袋這裡的年輕人之間似乎受到相當的信賴。」

啟太郎的表情完全沒變，好像被綁架的不是自己的孩子，而是鄰家的孩子似的。

「這樣的話，你和一毛錢也賺不到、卻一個人開始撿垃圾的和文或許有某種相似之處。這次的事情我會給你應得的報酬。」

圍著桌子的男子中有一人抬頭說道：

「快要到下次和我們聯絡的時間了。」

男子們的視線從我身上移往擺在中央桌上的電腦。

我小聲向角田說：「我問你，有電腦在這裡，意思是對方會用電子郵件聯絡嗎？」

角田似乎很不喜歡被別人看到和我講話，真受傷。

「是啊。」

「到交付贖金之前，是用什麼方式聯絡？」

「手機。但無法鎖定用戶，應該是王八機吧。」

真奇怪的狀況。既然都用王八機了，應該沒必要使用比較麻煩的電子郵件吧。

「在做駭客入侵的準備了？」

「嗯，交給我們吧，我們是專業人士。只要是用電腦傳來的，就能鎖定區域。你只要盡可能多和他寫幾封郵件就行了。」

這個房間裡至高無上的君主啟太郎的聲音，在耳邊低低響起。

「真島先生，請過來這邊。」

我以不失禮的方式，在沙發上靜靜坐下。

中央的桌子上放了幾張地圖以及三臺開啟的筆記型電腦，其中中間那臺似乎是給我用的。對於總是使用Mac的我而言，Windows有點難用。男子們確認著瑞士製的機械式手錶。

晚間十一點。

郵件寄達的聲音準時響起，角田向隔壁的男子點點頭，穿著西裝、頭髮三七分的他就是駭客吧。由於我只認識Zero One，因此有些意外；本來以為駭客全是光頭。

「盡可能拉長和對方寄收郵件的時間。」

我向角田點點頭，打開郵件。

＞阿誠，你在那裡嗎？

＞今天下午的事很遺憾。

＞但由於是你們那邊的錯，贖金增加了。

＞變成十倍的三億圓。

＞對中城的主人而言，應該是不痛不癢的金額吧（笑）。

許多張中年男子的臉集中在我這臺電腦四周，充斥著髮蠟、香菸以及汗水味。真可惜，不是年輕又可愛的女生啊。

「他說三億圓……」

有人這麼嘟噥了一聲。啟太郎在沙發上盤起手，我則開始輸入文字。

＞我是阿誠。

＞指定我擔任交涉人，真是嚇我一跳呀！

＞你說三億圓，若是付現，會是頗可觀的重量。

＞要如何付這筆錢給你比較好呢？

＞和文他想必平安吧？

社長室裡吵吵嚷嚷。我在按下傳送前，先把液晶畫面轉向桂Reliance社長的方向。啟太郎點點頭，於是我按下傳送。對方沒有馬上回信。

角田說：「已順利縮小郵件寄來的區域範圍，請再給我們一點時間。」幾個男的呼喊起來，打開手機，撥了幾通電話。應該是有實際追蹤那些傢伙的部隊在哪裡待命吧？下一封郵件寄來了。

>不用擔心。

>給我準備三億圓的無記名公債。

>我要的是稅務署追查不到的那種。

>這一點，桂Reliance的財務部應該知之甚詳吧？

>和文當然沒事。

>你們在蓋中城的時候，做了不少壞事吧。

>這次的三億圓是理所當然的回報，我們會幫忙用在對池袋有好處、有意義的事情上。

「好了。」

西裝打扮的駭客說道。似乎是查到寄件來源了。周遭的人振奮起來，但駭客的臉色馬上變了，露出焦躁的表情。他的劉海因為汗水而黏在前額上。

「可惡！」

角田問道：「怎麼了？已經查到寄件來源了吧？」

駭客搖搖頭，嘖了一聲。

「是知道了沒錯，但範圍太廣了。位於池袋站西口的無線上網熱點，只要有中繼天線且在半徑達一百公尺以上的範圍內，任何人都可以上網。我們不可能調查範圍裡的所有店家以及停下來的車輛。」

怪不得對方可以這麼好整以暇地和我交換郵件。再次傳來郵件寄達的聲音。

＞無記名公債的事情是認真的，趕快給我先準備好。

＞搞駭客入侵是沒用的啊，你們那邊的意圖我很清楚。

＞和文的健康狀態很良好，還不知道要再花幾天時間，但不用擔心。

＞明日此時，會再寄郵件。

讀完最後的郵件後，我把筆記型電腦轉出去。已經無計可施了，綁架犯那裡比我們技高一籌。雖然身處最靠近天空的地方，人類畢竟還是有自己無法搞定的對象。

我在龐大財富的包圍下，思考著人類的無力之處，不過這樣的事我平常倒也習慣了。

回程也是搭那輛超高級車。一臺車的價格比我家房子還要貴，待在裡頭總讓人不太舒服。走在路上的男子們以一種好像在懼怕什麼般的視線，看著我所搭的車子，但完全沒有人看我一眼。有錢會使人孤獨，於是我終於明白為什麼桂Reliance的社長會像艾爾·帕西諾了。只要每個人都怕他，最後他就會變成可怕的人物。

在高級車裡，我思考的還有另一件事。

為何贖金會從庶民級的三千萬圓，增加到雲端的三億圓呢？

為何會從裝著現金的包包變成無記名公債呢？

為何會從查不到身分的手機換成有被駭危險的電腦呢？

還有，為何會找我當交涉人呢？

好像全是一些搞不懂的事，一回神我已經站在鐵捲門拉下的我家店門口了。是老媽一個人關店的，敵人的怒氣想必已經到達頂點了吧？

隔天早上，我在舒爽的心情下醒來。好久沒出現這種讓我的頭腦全速運轉的工作了。雖然淨是一些不清不楚的事，但這樣展開一天的生活，還是比腦袋空空、一整天賣西瓜要來得有挑戰性。

我很快打電話給國王崇仔。和他開玩笑太麻煩了，他一接起我就馬上說：「都是你害的，事情大條了。你知道我昨晚在哪裡嗎？」

國王冷冷地抿著嘴笑道：「中城的最高樓層。」

我打從心底訝異。這傢伙搞不好是比Zero One還厲害的駭客也說不定。

「你怎麼知道？」

崇仔哼了一聲：「Superior警備保全啊。事情不是發生在中城，而是發生在池袋街上。要在這裡採用人海戰術，沒人能做得比G少年出色。昨天半夜他們正式委託G少年了，現在我和你是在同一邊追蹤綁架犯。」

「知道了。那就稍微提供一下協助囉。」

國王似乎變得頗感興趣。

「我們好久沒一起行動了呢。你需要什麼？要不要把幾個直屬我的小隊借給你用？」

我自己好手好腳的，不需要什麼左右手來幫忙。

「不，我只是想問問話而已。請把G少年裡與和文熟識的人派過來。」

「去哪裡？」

我抬頭看著牆上的時鐘，剛過上午十點沒多久。等一下我開店、吃過午飯後再出門，所以……

「正午在西口公園見。」

我的腳又套進了前一天穿的那件牛仔褲裡。

在櫸樹樹蔭下的鋼管椅上，坐著一個綁著黃色印花大手帕的光頭男子。光聽隊名「要町螫針」會覺得好可怕，但其實是個和平的小隊。他們是群適合唸「家族萬歲、朋友最棒」這種會出現在日本綜藝節目、半志工性質般的一夥人。隊長的名字是「蜂蜜B」。就算用它當街頭綽號，也很難招來蜜蜂啊。

「誠哥，要問什麼請儘管問，國王已經交代過我了。」

我並不是G少年的正式成員，既不太出席聚會，也和他們內部的年功序列沒有關係，算是個奇怪的顧問吧。

「我想知道和文的事。你們『螫針』是G少年裡最早參與撿垃圾的成員，對吧？最初是什麼樣的機緣呢？」

蜂蜜B張望著四周，是在找什麼垃圾嗎？

「畢竟還是因為和文先生的撿垃圾運動實在給人太大的衝擊了。」

我很能瞭解他的心情。對於出現一群沒有任何人拜託，卻集體撿垃圾的小鬼，我也深深感受到衝擊。

「於是你就找他說話嗎？」

「是的。然後他說自己是因為撿垃圾心情就會好起來，所以才撿的。你知道嗎，誠哥，那個人從日本的大學畢業後，又去讀美國的大學，聽說在兩地的成績都非常優秀。」

就是菁英中的菁英吧？而且他家還經營位於中城的桂Reliance。

「可是他回日本後沒有進他父親的公司。」

「是啊。」

盛夏乾燥的風吹過了已經沒有垃圾的西口公園。噴水池在遠處散成了白色的水花。

「於是你就開始撿垃圾了？」

蜂蜜B瞇起眼，點點頭。

「可是我覺得，那只是他在做正事之前先小試一下身手而已。之前關於中城，有很多不好的傳聞。照例一定會有的建地收購者之類的黑暗傳聞。我把自己聽過的、最惡劣的一則講給各位聽吧。先抓一隻不會離開建築物內部的溝鼠、把破布綁在牠的尾巴上，再淋上燈油。再來就簡單了，只要點了火、把牠放回原本的建築裡便大功告成，完成了不知道是誰放火的可疑火災。」

我呻吟般地說：「啊，有聽過。」

蜂蜜B的臉看起來一點也不甜，長得很像在NHK節目「歌喉自豪」中演唱民謠的漁夫。他斜睨了我一眼說：「我覺得和文先生是想從撿垃圾做起，再去做其他什麼事情。他父親是那樣的人，使得池袋這裡被撕裂成上、下兩半。但是，他卻打算把跌到地面而變得分崩離析的人們全結合在一起。我認為撿垃圾做的就是這種事。」

把如沙一般散落在M型社會底部的人們結合起來的工作。這種事要是能做到，將會何等美好呢？我對著綁著黃色印花大手帕的不良少年說：「和文到底希望以此做些什麼呢？」

「不清楚。可是他很在意一起來撿垃圾的那些契約員工以及打工族。大家都需要一個家。他說，不是那種二十四小時營業的速食店或網咖，而是讓大家能夠伸直腳睡覺的家。」

一個提供自立支援之用、屬於大家的家是嗎？如果能不靠公共資金，而以民間的經費興建這樣的地方，會有多好呢？我想像著從撿垃圾做起的和文的遠大目標。抬眼看去，池袋的夏日天空中飄浮著外側閃爍光芒、內側蠢蠢欲動的積雨雲，連重達幾千噸的那片雲都能浮在空中。

因此我們也不能說，不會有從撿垃圾開始改變街道的這種事發生吧。

「換個話題，在清潔隊內部，大家都很團結嗎？」

蜂蜜B在胸前盤著手說：「不，這一點和G少年不同，裡頭並無鋼鐵般的規則。和文對任何參加者都來者不拒。」

「所以，裡頭也有素質不好的成員嗎？」

「要町螯針」將光頭轉了一大圈。

「嗯，開始固然是有志者的志工活動，但這種事都會變成流行吧？這一個月內，有很多只是來做做樣子的古怪小伙子，他們以為自己成了G少年，只在星期一的晚上擺肩迎風、大步向前走。」

「這樣呀。你能不能幫我查查，在這種小隊裡，有沒有最近沒看到人的傢伙？」

我畢竟還是很在意三千萬的問題。對於個人資產達一兆兩千億圓的桂啟太郎，要從他身上奪走這樣的金額，應該表示犯人心目中的「鉅額款項」，僅止於這麼多位數而已吧？我想到的是沒工作的年輕小鬼或打工族。最重要的是，他們與懂得要求三億圓無記名公債的人相比，無論出生或成長背景都完全不同。

「我知道了。我會找和文先生身邊的人一起徹查清潔隊的名冊。對了，誠哥。」

「螯針」的光頭以認真的表情直視我。

「請你把和文先生帶回來。他是池袋這裡絕對需要的人。」

語畢，我與蜂蜜B牢實地握了手。雖然他這街頭代號取得很不正常，卻是個很有膽識的傢伙。我開始拚命構思把和文帶回來的方法。

「我知道了。」

那晚，我又到中城的最高樓層去了。

這次桌面上有齊全的三明治與飯糰之類的輕食。我啃了一口第一次看到的烤牛肉三明治——超好吃的！重新確認過前一天的郵件內容後，完成了事前的討論。基本上，就是以答應對方的要求為方針。

保全公司的每個人都緊張到神經兮兮，唯有桂啟太郎完全是與前一天一樣的表情。

這位王者就算連家人遭到不幸，也是這副態度嗎？

既定時刻的郵件從綁架犯那裡寄來了，是東京燈火依然耀眼的晚上十一點。

>連續兩天麻煩你啊，阿誠。

>我想應該不會有這種事，但還是姑且確認一下你是不是真的阿誠。

>在阿誠與國王，還有和文三人在一起的那個星期一晚上，你收到的東西是什麼？

我馬上輸入答案。敵人想必連反應時間都會計算吧？

>撿垃圾用的全新長鑷子！

對方馬上傳來回信。

＞正確答案。

＞答應我這裡的條件了嗎？

＞可以的話，我不想使用暴力手段。只要能以錢解決，不覺得很便宜嗎？

我把電腦轉過去給啟太郎確認，社長點點頭。我又重新開始輸入。

＞無記名公債OK。

＞希望可以多給一點時間準備，但不是為了要爭取時間。

＞要用什麼方式交付給你？

郵件回信的速度快得出奇。我想想街頭的那些年輕小鬼，他們以拇指傳手機簡訊固然很快，但能夠自如地使用電腦鍵盤的，即使在G少年裡也不到一半。這一點清潔隊裡應該也一樣。

＞送到我等一下指定的郵政信箱去。

＞要裝在指定的信封中。

莫名其妙。如果送到郵政信箱去，出面領取時就會馬上被逮個正著吧。還是說，對方另有什麼其他的計畫？郵件接下來仔細地寫上了郵政信箱的號碼，以及在池袋的東急手創館銷售的防震信封袋商品編號。我回了信。

＞瞭解。

＞真的只要送到那裡就行了嗎？

綁架犯的回答極其悠哉。

＞關於領取或兌現的事，你可以完全不必擔心。

＞對和文的人身控制，會在確認取得債券後迅速解除。

那晚的郵件最後就寫到這裡了。該怎麼說呢，交涉的過程讓人很沒勁，真枉費了我這池袋第一把交椅的斡旋者。既然這樣，只要能打郵件，不用我出馬不也是可以嗎？

就在我關上電腦準備回去時，和文的父親出聲叫住我：「真島先生，可以和你聊一下嗎？」

這個房間大成這樣，光是移動到角落就能夠讓兩人獨處。我和中城的主人站在面向天空的窗前。自己手裡擁有這麼高的一座塔，究竟是什麼樣的感覺呢？

「關於和文，我有事情想問你。這是保全公司的人向我報告的，他們說我兒子在被綁架前，似乎曾經向你說『他和你很像』。不知道你心裡有沒有什麼底？」

這個帝國的王位繼承者與切香瓜俐落到不行的我，再怎麼看都沒有相似之處。

「和文在日本與美國讀過兩所大學，對吧？他的頭腦好，成績也優秀，可是他也擁有率領群眾的魅力。和我的條件完全不同。」

啟太郎嘆了口氣。他那件剪裁出色的西裝，肩頭稍下沉了區區五公釐左右。

「那個孩子從小就很優秀而且率直，但上大學之後，他整個人就變了。無論我給他什麼，他都嚴辭拒絕，說他不需要。」

我沒有爸爸，也沒有人給我好條件或資金，但我還是稍微懂得當兒子的心情。

「任何做孩子的，都會想只靠自己的力量做些什麼。和文的父親很成功，甚至蓋了這樣的大樓；和文不也是想做些憑自己能做到的其他工作嗎？只不過……」

桂Reliance的社長看向我。窗外是一整片豪華絢爛的半個東京。

「只不過什麼？」

「他想採取的，或許不是像你那種朝天空高高延伸的方式，而是緊貼著地面。他做的或許賺不了什麼錢，但今天下午有個頭腦不好的小伙子拜託我，他說對池袋這裡而言，和文是個相當重要的人，因此希望我務必把他帶回來。我可以問您一件失禮的事嗎？」

坐擁一兆兩千億圓個人資產的開發商靜靜地點頭。

「如果您像和文那樣被綁架，會有幾個與您沒有一毛錢利害關係的人，幫您講這種話呢？對您來說，他或許只是一個莫名其妙、沒有出息的兒子，但我在池袋卻認識幾百個會為和文講這種話的小鬼。這不就表示您的兒子其實是個很豐足的人嗎？」

啟太郎保持緘默，沒有回答。就好像艾爾．帕西諾在《教父》第二集中下令處決家族成員時的表情。如果這樣講他無法理解，那也沒辦法了。

「我先告辭了，明天見。」

就在我欠身準備離開時，中城的國王背對著我說：「無論到幾歲，有些事還是得有新的想法才行啊。」

我再次鞠了躬，離開國王的起居室。

⚜

隔天上午，我一開水果行，手機就響了。

「是我。」

池袋到底有幾個國王啊？這位不是建築開發的國王，而是孩子王。

「你要蜂蜜B調查的結果出來了。」

我在裝了三顆大玉西瓜的瓦楞紙箱上坐下。這箱西瓜隨便都有二十公斤。崇仔的聲音像是一根快活的冰柱。

「你聽好，他們檢視名冊後，找到了和文事件發生後就不見蹤影、素行不良的三個小伙子。」

我想起最初打算奪走贖金的那三個人。賓果！

「這幾人都住在同一棟公寓，靠著搬家與工廠作業過著勉強餬口的日子。地址是板橋的相生町。」

國王講了門牌號碼與公寓的名稱。

「阿誠有什麼打算？要不要去襲擊對方一下？」

低低的笑聲，似乎是真心愉快。

「等一等。我稍微有一些想法。那些傢伙固然沒大腦，但光是抓到他們，問題也不會解決。給我一點時間。」

「可以啊。我就奉陪吧。」

真是個明事理的國王。

我試著找尋柔性解決的方法。

這次不能光是解決事件而已，我還希望能為扭曲的親子關係架起橋梁，讓桂Reliance這部大機器為池袋而運作。我邊切著香瓜邊想著的就是這樣的事，而且如果只解決綁架事件，你也會覺得很無聊吧？

然而，現實永遠超乎我們預先的想像。解決事件的關鍵居然在桂Reliance社長的腦子裡，雖然當事人原本完全不期望發生這種狀況。

我第三天到中城去。畢竟也去慣了，我已經看膩了夜景，幾乎不會去看窗外。在約好的晚間十一點，第一封郵件寄到。

＞信封準備與郵政信箱確認已經完成了嗎？

＞今天會是最後一回通信吧。

＞阿誠，辛苦你了。

他的用詞好像在說「一切都已經結束了」，得意忘形！還不知道已經有人盯上自己了。確認過液晶畫面後，啟太郎離開了桌子。我正打算回信，指尖放在鍵盤上。

那時候，我聽到類似廢棄物在下水道流動般的咕嚕咕嚕聲。頭一抬，我看到人在窗邊的啟太郎整個趴在地上，頭無力地垂落，還在地毯上吐了；不只有東西從嘴巴排出體外而已，昂貴的夏季西裝也被小便弄濕得黑了一片。角田大叫：「是腦中風！我以前的主管曾在我眼前就這樣死掉——趕快幫忙叫救護車！」

對於爆發性的腦血管破裂，一兆兩千億圓的個人資產似乎也一樣幫不上忙。社長室裡的每個人都開始失去鎮靜。祕書室不知道是誰用手機打了一一九。出於當下的判斷，我決定變更郵件內容。

＞不要再假裝綁架犯了，和文。
＞剛才你父親在我眼前倒了下去，似乎是腦中風。
＞現在正在叫救護車。
＞如果王八機還能用的話，趕快打電話來。
＞這是緊急狀況。

在我寄出郵件十五秒後，社長室的電話響了。電話放在有床那麼厚的黑檀書桌上，是我接的。

「我父親沒事嗎？」

是和文的聲音。

「不清楚。無論如何，你馬上回來。」

「知道了。但你是什麼時候開始察覺，是和我在互通郵件？」

大家似乎注意到我是在與和文通話。

「從你把要求提高到以無記名公債支付三億圓的時候，我就在懷疑了。是在板橋的相生町對嗎？住那一帶公寓的傢伙，不可能知道什麼稅務署的事啊。」

和文輕輕地笑了。

「或許真的是這樣啊。不愧是池袋麻煩終結者的第一把交椅。現在我要過去中城了，如果知道我父親被送到哪家醫院去，請和我聯絡。」

「瞭解。」

那群人圍住了依然倒在地板上的社長。我離開他們，等著救護車到來。

都立大塚醫院是位於南大塚的綜合急救醫院，也有專設的腦神經外科。桂啟太郎倒下三十分鐘後被送進了急診室，腦血管破裂從發作開始的幾小時最重要，重要到攸關性命。

醫生診斷啟太郎是蜘蛛膜下腔出血，投以鎮定劑後，讓他在昏暗的治療室裡處於絕對安靜的狀態。手術則在確認腦內已經止血的隔天進行，據說是以鈦金屬將動脈瘤夾閉的開腦手術。當然我沒有陪伴他手術。

那是回來的和文的工作。

手術後幾天，我出門到池袋中城去。

在有一整片草地的公共綠地上，我在長椅上坐下後，和文從五十五樓的社長室下樓過來。他穿著夏季羊毛的細條紋藏青色西裝，打著藏青色絲質領帶。襯衫是看起來憂鬱的淡藍色。我對著在我身旁坐下的新任專務說：「你父親的狀況如何？」

和文看著夜間的草木。

「講話有些不清楚，左半身還留有麻痺，現在已經開始做復健了。那個人的意志真的很強，我並不擔心。」

「這樣呀，那很好嘛。」

夏天的夜風吹過我們所坐的長椅，像是讓人想起莫札特嬉遊曲的、沒有重量的舒服翅膀。

「可是阿誠真的讓我嚇一跳。那晚我一離開房間，就看到G少年的成員在等我，我根本不必叫計程車。崇仔的車子直接載我到醫院去。」

那天，G少年從早晨開始就在相生町那裡盯梢，沒有什麼好驚訝的。

「倒是你，為什麼會變成綁架犯呢？」

和文鬆開領帶，解掉襯衫的第一顆釦子。

「大概是有點臨時起意吧。畢竟，公司在做法上太粗糙了；或許也有一點想懲罰父親的感覺在。」

「這樣啊。」

這是不需要給予回答的告白。

「我心想只要有那三億圓，就能在池袋興建用於自立支援的家。該怎麼說呢，那些綁架犯般的人可以一起住進去。桂Reliance有三百億圓以上的內部保留金，只要有那麼多錢，做什麼都不是問題。」

遭綁架的被害人為了興建一個給綁架犯住的家而勒索金錢，真是起奇怪的事件。

「那個郵政信箱，是什麼意思？」

「啊，那個呀。我考量過警備保全公司的人力，只要雇來打工的五十名學生都到同一個郵政信箱去，他們應該就很難應付了吧？畢竟，每個人都拿著相同的信封啊。」

我不由得笑了。就為了讓那三個呆子逃走而已，如果使出這種出人意表的人海戰術，管你是Superior還是什麼公司、警備保全，一定都會漏洞百出。

「我有一點不懂。你在被綁架之前曾說過，我和你很像對吧？那是什麼意思？」

舒服的風又吹來了，我使勁對著夜空伸懶腰。

「我讀的是紐約近郊的大學，是社會學的研究所。阿誠你知不知道，在那種地方，人才中的人才畢業之後，都會做些什麼？」

我是個池袋普通人中的普通人，怎麼可能知道那種事？我沉默不語。

和文說：「成績最好的百分之十到二十，在擔任高級公務員時，就可以到年收入高達二十至三十萬美元的投資銀行或證券公司上班。我有個朋友叫安東尼奧，是個波多黎各血統的男生，優秀到連教授都讚不絕口。我沒看過有誰的頭腦好到像他那樣。我失去了自信。他的畢業論文直接出版，甚至在學界成為話題。當然找他去上班的單位也多到不行。」

「是哦，原來有這麼厲害的人存在。」

那是個我連想像都無法想像的世界。

和文微笑道：「可是這一切安東尼奧他都不要。」

有趣的男人。我想像著英俊、波多黎各血統的大聯盟選手。

「結果他做什麼工作？」

和文斜瞅了我一眼，微微一笑：「和阿誠你一樣啊。為了拯救生活在那裡、感到絕望的年輕人，他回到了自己出生的貧窮移民區。由於他可以在那裡從事社會學的田野工作，也算是一石二鳥。安東尼奧到現在也還在那裡幫助別人。你知道嗎，阿誠？真正最出色的才能是三十萬美元的年收入也請不動的，那就是為大家服務的精神啊。」

我並不覺得自己擁有像那個波多黎各人一樣的才能，不過我所做的事確實與他很類似。

「回日本後，我有了這樣的想法。父親的工作很了不起，可以創造莫大的經濟財富，但我要走不同的道路，只要能創造社會的財富就行了，像安東尼奧或阿誠這樣。我父親蓋了垂直的建築物，我就幫忙從水平的方向把因為M型社會而被撕裂的人與人結合起來。」

頭腦太好的人，或許還是比較極端吧。

「所以你才開始撿垃圾，還變成綁架犯的顧問是嗎？」

和文笑了。

「對呀。可是因為父親的病，一切都改變了。不過我很滿意這樣的結果。即便如此，我還是要感謝你。」

「欸，為什麼？」

「父親病倒前一天，你和他講了一些話，對吧？我父親用不靈光的字詞和我講了。他說你告訴他，即使連一毛錢的利害關係都沒有，還是有人會擔心我；你還問他覺得自己是不是也如此。我父親有在反省了。」

和文一笑，夜風吹動著他看來柔軟的劉海。

「我和父親約好了，既然我已經進到公司服務，我請他把公司利潤的百分之十讓我用來回饋社會。這樣的話，我願意全力幫他賺錢。」

我出聲地笑了，看向坐在我隔壁的中城王子。這個男的如果卯起來賺錢，池袋下個月的景氣或許會狀況絕佳。

「知道啦，是你贏了。」

和文用力點點頭，又搖搖頭。

「不，今後是大家全贏。」

我們互道再見，在超高層大樓的邊緣分道揚鑣。

星期一晚上，我和崇仔碰面。

那是又一次的西口公園撿垃圾集會剛開始前不久。我拿著他送我的亮晶晶長鑷子以及塑膠袋，和文站上了舞臺，掌聲響起來。

國王在我耳邊說：「那個男的看來老實，其實出乎意料的扮豬吃老虎呀。」

我以不輸掌聲的音量放聲說道：「嗯，和我一樣優秀到不行啊。」

「如果說是濫好人到不行的話，那我倒是贊成。」

我看向包圍圓形廣場四周的建築群。副都心的公園位於玻璃溪谷的底部，不分晝夜都很明亮。

「我問你，崇仔知不知道真正優秀的人，會做什麼事？」

「我連想都沒想過咧。」

我看著崇仔如一片冰河般的側臉。

「不是為了自己，而是為了城市裡的大家而辛勞。」

崇仔不愧是國王，只皺了一下眉頭說：「真無聊。我們兩人不是打從好久以前就在做這樣的事了嗎？」

「確實是這樣子呢。」

和文又一如往常向大家宣告撿垃圾時間開始，周遭熱鬧得好像夏天的祭典。我和國王一起撿起西口公園的垃圾。風吹動著，夜晚的積雨雲在天空中奔馳。我問你，難道不覺得在副都心的公園裡撿垃圾，是一種很酷的嗜好嗎？如果你也這麼覺得，下個星期一也一起來撿撿看如何？

池袋ウエストゲートパーク

退休牛頭犬

我們現在都會隨身帶著很了不起的祕密小盒子上街。

這個小小的黑盒子可以變成電子的小錢包，可以數位錄音，也可以充當拍攝相片與影片的攝影機。當成音樂播放器或電視來使用也相當好用（雖然到哪裡都想看電視的那種粗俗傢伙應該並不是那麼多）。它也能夠連上網路，馬上回答「全球第六多人口的是哪個國家」之類的問題（正確答案是巴基斯坦，擁有約一億六千萬人口）。它在行程管理或備忘錄方面很有幫助，也附有方便的文字處理功能。最近的年輕人之中，有人光用拇指就能寫出什麼小說來。但由於螢幕很小，故事本身的架構也跟著變小了，這或許也是莫可奈何吧？

這個祕密的小盒子可能成為鎖定你目前所在位置的GPS目標，也可以若無其事地把你三百個一面之緣的朋友（其中是朋友的，大概占百分之十吧）的聯絡資料吞下去。說起來，你花了幾十年時間在全世界撒出去的蜘蛛網，就是由這個電子玩具坐鎮在正中央，閃亮亮地讓它的金屬盒子發著光。

只要是在鬧區，到處都看得到穿著超迷你裙和緊身褲、露出微笑的促銷小姐。由於是那種虛情假意的女生以有如免費般的價格在銷售，手機看起來就像是什麼無聊的東西；但如果你這麼覺得，可就大錯特錯了。什麼程式都能夠安裝到手機裡，能量甚至不輸核能發電廠，而且水準高得可怕。

當然手機純粹只是一種工具，可以為善也可以為惡。刀子、汽車、手機以及貨幣，所有的工具都有它的兩面性，有時候會變成凶器。只要人類有無數張臉孔，這也是沒辦法的事。

這次的事情發生在秋天的池袋，講的是愚蠢的恐嚇集團與極其可怕的老人家活躍的故事。裡頭的小玩意是收藏了不堪入目照片的銀色手機。那個大叔也讓我稍微吃了點苦頭，但既然我是做這一行的，偶爾碰到這種事也無可奈何吧。畢竟每天在池袋的街上，到處都會發生警視廳統計中不會出現的微小衝突。

一旦在這種地方長大，就會變成像我這種既聰明又風雅的青年。我說，全國的爸爸媽媽們，要不要把你們家的孩子帶來池袋呢？我覺得來池袋會比去上只懂得塞考試技巧的補習班，還更能培養小孩子的生存能力唷。

那通電話是當我在店頭排列著有如秋天夕陽般通紅的富有柿時打來的。時間也恰好是西一番街大樓上方的天空燃燒通透的傍晚。由於深夜才是我們家生意最好的時段，這時候還沒有什麼客人。店頭播放著貝多芬第七號交響曲，而一講到秋天，就要聽這首黃金七號曲吧。日劇裡都不知道播了N次，或許各位早已耳熟能詳了，但它依然還是一首好曲子，沒有改變。

手機傳來耳熟的聲音。

「阿誠嗎？」

是持續在池袋街頭擔任國王，甚至謠傳他是永世國王的崇仔。

「是我沒錯，但除了聯誼之外，所有邀約我一概拒絕。我現在正為截稿忙得不可開交。」

我在街頭時尚雜誌上連載的專欄還有一星期截稿。雖然沒有多少頁，但到這時候都還沒決定寫什麼可就累人了。畢竟我只是個業餘作家而已呀。崇仔彷彿極其愉快地低聲笑道：「什麼呀，你又沒哏了是嗎？既然這樣，要不要聽我講講？或許多少對你寫的專欄有點幫助。」

我放下柿子站了起來。

「你覺得是可以拿來用的哏嗎？」

大概是知道我已經上鉤了吧，國王好整以暇地說：

「誰知道呢。不過，至少是則滿有意思的故事。」

這陣子池袋每天都很平靜，或許也差不多該做做顧店之外的副業了。雖然和寫專欄的副業一樣完全賺不到一毛錢，但唯一的好處是不無聊。

「好吧，你講。」

最近的手機雜音真的變少了呢。耳邊聽到崇仔聲音，就好像現場聽到的一樣。

「你等一下。」

他只講了這句話，就突然切掉了。與此同時，崇仔一面把手機收進牛仔褲口袋，一面轉彎走了過來。他穿著今年秋天流行的學院男孩風、帶滾邊的深藍色西裝外套，以及經過一次水洗處理的牛仔褲，一如往常的時髦打扮。保鑣至少有兩人。他在我家店前的欄杆上坐下，舉起右手說：「唷！你這是貝多芬第七號交響曲第二樂章的小快板吧。」

最近在我的影響下，崇仔也開始聽古典樂了。他的頭腦很好，耳朵也很好。這樣下去，我搞不好馬上會被他追過去。我以頗快的速度把柿子丟向崇仔，不是由下往上丟，而是由上往下丟。他面不改色地如吸盤般接下水果，咧嘴笑道：「你在音樂方面有品味，但似乎不太有擔任投手的才能呢。」

我也在他身邊坐下，隨行的兩人在我家水果行的左右分散開來。

「所以這次的委託是什麼？」

崇仔皮也不剎地啃著富有柿說：「好甜哦。假裝很澀，其實很甜，這一點和阿誠好像。委託人不是我，也不是你不喜歡的黑道組織，是個年輕女孩子。細節的話，我也不太清楚。」

真是受不了國王，或許他對庶民的生活並不關心。

「光是這樣的情報，就把事情丟給我嗎？」

池袋的冷冰冰國王蹙起眉。或許他並沒有什麼忠臣會對他這樣出言不遜。

「嗯。這件事是透過G少女轉來的，似乎是個遭人恐嚇而感到困擾的年輕女孩。」

遭到恐嚇，那是以錢為目的了。

「這已經是很明顯的犯罪，去報警就好了。」

崇仔微微一笑。如果他再這樣笑個二十秒，池袋的年輕女孩們都會蜂擁過來吧。或許我家店裡的生意會變好。

「因為某種因素，她無法報警。這麼一個孤立無援的年輕女孩陷入困擾，怎麼樣，這不是你會喜歡的狀況嗎？」

或許我確實不討厭這種狀況。如果那個女的是身材好的美女，那就更棒了！不過，這很難稱得上是能夠拿來寫專欄的有趣事件。企業的業績再怎麼空前的好，大家再怎麼說東京都心有迷你泡沫，錢還是不會落到池袋的小鬼頭身上。最近街上出現恐嚇、詐欺或飛車搶劫的案例相當多。少年、少女們雖然外表穿著入時，卻缺錢得很。

「真尷尬耶，我完全提不起勁來。總覺得在我們家顧店還比較好。」

說起來，大多事件都是這樣的。由於崇仔是天生的國王，不懂得用纏的。

「這樣呀，那我就回絕對方說沒辦法，雖然對方已經指定今晚碰面的地點了。」

聽到這樣的事，也很難抽手了。崇仔從牛仔褲口袋抽出手機，從檔案夾中選擇照片。他似乎找到目標了，把液晶畫面轉向我。

黑頭髮、黑黑的大眼睛，眼線粗到像是拿粉筆塗的，讓人想到不斷在惹麻煩的美國少女偶像布蘭妮。要說美女，她確實是美女沒錯，但好像有某個地方壞掉了。

「我知道啦，至少我先去聽聽她怎麼說。我該到哪裡去碰面？」

「在Hardcore前，十二點。」

我馬上對他說：「這是透過崇仔委託的，如果需要幫手的話，我可以借用G少年吧？」

他露出略微思考的表情說：「嗯，看狀況吧，但不要花他們太多工夫。柿子很好吃，感謝招待。等一下我們還有個集會。」

他把吃剩的柿子遞給我，我無可奈何地接了過來。和來的時候一樣，他連再見也沒說就走了。我在心裡比較著手掌上的柿子，以及他硬塞給我、毫無吸引力的麻煩。我到底應該把哪一個向國王的深藍色西裝外套丟去呢？出身高貴、不知什麼民間疾苦的人，有時很讓人困擾。

雖然沒有六本木或澀谷那麼多，但池袋也有夜店。Hardcore是個頗酷的地方，播放的是介於電子舞曲與龐克搖滾間的酷音樂。打烊後，我前往位於西口鐵軌旁的這家夜店。

就算已正式進入秋天，東京還是暖得如同夏末，只穿一件長袖的格子襯衫還是會微微出汗。賓館街到處都亮著顯示空房的霓虹燈，沒有人影，鴉雀無聲。只有通往地下的夜店樓梯周邊有幾個小伙子聚集，時而發出怪聲，或許是在嗑什麼詭異的藥吧。就算是合法的藥，也有多如繁星的異常嗑法。

沒有看見像是委託人的女生。我站在停車場邊如燈塔般的自動販賣機旁等待她出現。確認了一下手錶，剛好十二點。就這樣每隔五分鐘看一次錶，一直到第四次。就在我差不多想回去時，一個搖搖晃晃的細瘦身影從樓梯走了上來。

女子四下張望，似乎注意到我，筆直朝這裡走來。我仔細觀察她：身高近一百七十公分，與其說她苗條，不如說是病態的瘦。黑色熱褲短到快要看見內褲，長到膝蓋中央的長筒襪是流行的銀色。從熱褲往下垂懸晃動的，似乎是吊襪帶的帶子；上身穿的是銀色的無袖T恤，脖子上還纏著長到好像可以拿來走綱索用的圍巾。整體來說，大概算是一個會走路但不健康的人體模型。

這時女子哈哈大笑向我揮手，在道路正中央絆了一下，維持著大笑直接趴到了地上。我不由得在口中喃喃道：「……喂，喂！」

原本想就這樣回去，但女子跌了跤似乎還不當一回事，她雙手撐在柏油路上，對我說道：「你就是阿誠先生吧？」

要是我說「不是」就好了，可惜我本性正直。

「是我沒錯，妳是誰？今晚喝了幾杯啊？」

「不知……道。」

女子胡亂發著笑，向池袋沒有月亮的夜空仰起了臉。她的妝被汗水弄得糊糊的，真是再糟糕不行的登場。這麼一來，也不可能變成什麼美好的愛情故事了。

我在自動販賣機買了兩瓶礦泉水，交給熱褲女。再換到別的地方也很麻煩，因此我們把地點換到投幣式停車場的一個黑暗角落，直接在仍留有白天熱度的柏油路上坐下。看來雖然不雅，但沒有目擊者也就算了。

「我從G少年的國王那裡聽說了，妳有什麼困擾是吧？」

女子似乎渾身是汗，應該是跳舞跳得很激烈吧。她喉頭發出喝下冰水的咕嚕聲，豪邁地擦了嘴後說：「是啊，你叫阿誠是吧？麻煩終結者對吧？怎麼聽起來好像樂團的名字耶。」

哪裡會有這種又沒錢又好心的搖滾明星啊？還是趕快完成工作，趕快回家睡覺吧。

「妳叫什麼名字？」

「宮崎遙、二十二歲、B型、筆直飛翔的射手座。」

她一開口就停不下來。

「好、好、好，我知道了啦。那困擾的理由是？」

已經完全變成讓人很想草草了事的工作了。小遙從後面口袋抽出手機，啪的一聲彈開手機蓋，選了一張照片後把螢幕朝向我。總覺得今天是個好多人都把螢幕拿給我看的日子。

「這種照片還有幾十張之多。」

那是一張小遙被人以紅色繩子綁起來的照片，身上穿著只有胸部開了圓圓大洞的全身網狀緊身衣，乳頭的地方夾了小小的夾子。講好聽一點，她的表情像是極其享受的樣子。給我看這種別人玩樂的照片，實在很厭煩。

「很好啊，找到一個興趣相投的男生。」

小遙在柏油路上盤起腿來，她的大眼睛四周整個是黑的，像是大病初癒的惡魔。

「在我們交往期間是真的滿好的。該怎麼說呢，就是一種可以放縱地玩的感覺。可是分手之後，他態度就變了。」

大部分男人分手後都會改變對女人的態度吧，你不會這樣嗎？我試著問她：

「是差異極大的變化嗎？」

「是啊。他寄來好幾張這種手機照，叫我給他兩百萬圓。」

毫無疑問是個人渣般的男子，但這種數字總覺得有點不上不下，不是真正的犯罪者會要求的金額。

「妳前男友叫什麼名字？」

小遙如唱歌般說道：「池本和麻、二十七歲、ＡＢ型，是膽小的處女座。」

只要和這女的往來，她都會用這種一整組的方式介紹人物吧。講客氣一點，煩到不行。

「和麻還說了什麼？」

小遙露出略微思考的表情。

「唔，他說這個金額的話，只要跑幾家上班族貸款中心就能籌到了。以妳來說，只要到池袋的ＳＭ俱樂部去打工，馬上就能付得起這金額。妳老爸是警官，如果有人寄女兒的ＳＭ照片過去，他也會很困擾的，不是嗎？」

原來如此，就是因為這樣才無法報警。無論在哪一國，公務員都極其厭惡流言蜚語。

「和麻這個膽小的處女座還有沒有講什麼？」

「這個嘛，他說不付兩百萬的話，就要把手機照寄到學校、警察署以及我朋友那裡去。他好像是從我的手機裡把通訊錄挖走了。為什麼會做這種事呢？」

最近出現一些可以很方便拷走手機資料的軟體。頭腦好的傢伙，什麼東西都會拿來做壞事。即便如此，這個被害者也太大方了，彷彿是別人隨便散播她玩SM的照片也不痛不癢的那種女生。

「和麻還說，錯的是我。他說『都是妳不好，拋棄我，』還噙著淚水。」

真讓人不舒服的男生，我心想一定是個醜八怪，問道：

「既然妳們交往過，應該也留有他的手機照吧，能不能給我看看？」

小遙操作著手機，找尋和麻的照片。

「這個嘛，哪一張拍得比較好呢……」

「只要讓我認得他的長相就行了，不需要拍得最好的。」

可是，小遙仍沒有停止找尋照片。女人的心很不可思議，就算是威脅她的前男友，還是希望讓別人覺得是很好的男人吧？小遙總算把螢幕轉向我。

「吶，就給你看這張珍藏的手機照吧。如何？」

白襯衫與如鉛筆般細的黑領結，髮型是老式的龐克頭，以髮膠弄得尖尖的。長相部分出乎意料不是個醜男，而是不錯的帥哥。眼睛周圍清楚畫著與小遙相同的黑眼影，不過長相不知道哪裡給人一種討厭的感覺。既自戀，又容易受傷害到病態的地步。已經二十七歲，彆扭的嘴角卻還是透露出這些訊息。

「眼影很流行嗎？」

小遙啪的一聲闔上手機。

「並不特別流行，不過心情差時只要化眼妝就會變好呢。會暫時有一種想到哪裡去玩的感覺。阿誠要不要也畫畫看？我剛好有帶，可以幫你畫哦。」

化了妝去顧店是嗎？或許池袋有這種人吧，但我絕對不要。

在那之後，我聽小遙喋喋不休地講著她與和麻的相識，以及愛情的開始與結束。兩人在午夜的夜店相遇，感情在盛夏到達最高潮，在秋天結束，是很女性周刊的那種故事，司空見慣。

最後，小遙說：「這次的事我不想靠我父親。因此請你千萬保密，我希望靠自己的力量設法解決。」難得露出認真表情的小遙咬著嘴唇。

「為什麼？」

「母親在我小時候去世後，一直都是父親在照顧我，雖然我很討厭『光靠男人一手拉拔大』的這種說法。儘管我父親就像國王一樣不可一世，別人的什麼事都想控制，我還是很感謝他。因此，我想在不仰賴父親力量的狀況下，乾淨俐落地把事情解決掉。」

「這樣呀。」

這是真的，每個人都是另一個人的女兒或兒子。就算是眼睛四周全黑、喜歡SM的女孩，這一點一樣沒變。到那之前，我都還在猶豫要不要接受這次委託，但聽到最後這番話，我有了一試的幹勁。於是，我們總算交換彼此的手機號碼與郵件地址。總覺得好不可思議，只要沒交換這幾個數字，竟然就好像沒和對方碰過面似的。

我從投幣式停車場的一角站了起來，拍拍牛仔褲臀部的地方。池袋的夜空中，有著映照出地面光亮的七彩雲朵在移動。

「我要回去睡覺了，妳呢？」

小遙也站了起來。由於她穿著高跟鞋，身高和我差不多。

「我要回夜店跳通宵。」

「這樣呀，那妳好好玩吧。不過，下次可別再迷上奇怪的S男啊。」

小遙露出一副有些依依不捨的表情，抬眼看著我。

「我問你，難得來這裡，阿誠要不要也跳個舞？」

我已經不是會隨音樂起舞的個性了，只要靜靜聆聽就很夠了。

「不了，我明天還要顧店。有什麼困難，馬上到西一番街來吧。」

小遙走向通往地下室的樓梯。走了兩、三階後，她回過頭來、雙手圍在嘴邊叫道：「和你說，阿誠，等到一切都搞定後，我會陪你玩玩的唷！」

自信過剩的女人，小遙。不知為何，我總是受到這種可以不必喜歡我的女生歡迎。

在一天的嚴酷工作後，還要聽這種古怪的威脅情節到半夜，累死我了。趕快回家沖個澡後睡覺吧。手錶時間是一點半，就連池袋站前的人煙也只有白天的二十分之一左右。

不過在這種麻煩連續到訪的日子，雲上的某人可不會這麼輕易地放過我。就在我打算抄近路，走進賓館街的小巷裡，眼前出現一道如黑色小山般聳立的人影。

到底是誰呢？難道我才剛接受委託，就馬上遭到和麻的襲擊嗎？我正感吃驚時，魁梧的男子快步滑近我。

「你就是池本嗎？」

從腹部發出低沉的聲音。我正想大喊「我不是」，格子襯衫的衣領就被他抓住了。超大的握力，光是被擰住就動彈不得。我就這樣被揪了起來，一回神，天與地就整個倒過來了。這就是柔道中的「體落」❶嗎？由於太過俐落，我沒有被摔出去的感覺。如果就這樣摔到地上，應該會直接送醫院吧？但男子沒有鬆手，而是騎到癱在地上的我身上。好重哦，有種被小型卡車壓著的感覺。男子把我的衣領往上拉到不能再收緊。

「你就是池本吧。你對小遙做了什麼？」

這個男子極其魁梧，但仔細一看，頭髮已經半白，大概是六十多歲吧，不過身體厚度卻有我的兩倍左右。我輕拍男子的手腕說：「……你認錯人了。不然你打給小遙，我叫真島誠。」

男子看著我的眼睛。我本來就不是那種在和女友分手後會勒索對方的低劣傢伙，但他似乎這時才察覺到，離開我的身體，幫助我起身，立正站好後向我鞠躬。

「對不起，我忍不住焦急起來。你沒受傷吧？」

我自認沒有什麼地方受傷，但猛烈撞到地面的左小腿外側開始痛了起來。我配合著心跳節奏，忍著疼痛說：「是沒有什麼大礙，但腳很痛。」

剛步入老年的男子似乎一點也不以為意。

「這樣呀，真不好意思啊。對了，你和小遙是什麼關係？」

度過糟透的一天後，在漆黑的巷子裡與年老的大熊對峙——拜託各位想想我的心情，這隻大熊不知是敵是友，因此我謹慎發言，希望他不要再賞我一記「體落」吃了。

「小遙捲入了某種麻煩中，我接受委託幫她解決。」

男子盤起手。

「什麼嘛，你這副德性，原來是偵探？」

「不，我不是偵探啊。我不收錢，但也不是職業的。」

男子肆無忌憚的視線骨碌碌地從我的頭臉端詳到腳趾。我身上又沒有什麼凶器，卻感覺自己好像成了恐怖分子似的。

「不過，你似乎很熟悉聚集在夜店那種地方的年輕人。我有點話和你說，可以陪我一下嗎？」

---

❶柔道中有所謂的「手技十六招」，體落是指揪住對方衣領，同時以掃腿令其下盤失去重心，再趁勢將對方摔出。

池袋也已經來到深夜兩點的半夜了。我好想念自己那鋪在四疊半榻榻米上的墊被。

「現在嗎？」

「是啊。一到明天，狀況可能又會改變。」

完全沒完沒了的一個晚上。我沒精打采地駝著背，跟在姿勢標準到異常、剛步入老年的大熊身後。

我們的目的地是位於西口圓環的麥當勞。那裡二十四小時營業，到這種時候都還有一半位置坐了人。大熊把冰咖啡放到我面前。窗外只有計程車排了長長一排，好一片孤寂的站前廣場。這麼看來，與其說這裡是副都心，還比較像是某個鄉下都市的車站前。池袋的範圍不大，席捲各地的都市更新浪潮也只觸及到這裡一點點而已。不過我個人覺得這樣子很好。大熊喝了一口熱咖啡後，一臉不爽地說：「我叫大垣忠孝，如你所見是個前警官。我還在當警察時的主管，是宮崎裕史警備課長。」

「你的主管是小遙的爸爸？」

大垣自豪地挺起胸膛。

「沒錯。宮崎課長在警視廳柔道部儘管是我學弟，在工作上卻是我的主管。雖然他不是通過國家高級公務員考試的菁英，但別說是警視正了，哪天就連警視長他都可能當上，然而這次……」

平常很早睡的我此時想睡的不得了，但還是連忙打斷前警官。

「等一下。小遙要我絕對保密，不能讓她父親知道恐嚇的事，怎麼那位課長又會要你來調查？」

大垣繃起臉：「手機照片也寄到課長那裡去了。」

「是小遙被綁起來的照片嗎？」

雖然他的腕力很強，畢竟是舊時代的男人。前警官在麥當勞裡頭四處張望。

「不要那麼大聲講這種事啦。大小姐她還沒嫁人咧。」

乳頭被人用夾子夾住卻很享受的未婚女孩是嗎？時代真的變了。雖然我個人不覺得那有什麼問題。

「小遙的父親也收到恐嚇了？」

「沒錯。」

仔細想想，真的很怪。小遙希望瞞著父親設法解決事件才來找我；她父親卻又瞞著小遙、派以前的部下跟著她。小遙雖然講了父親不少壞話，兩人卻出乎意料是對為彼此著想的父女。

「問個假設的問題：如果女兒的這種醜聞曝光，父親在警方內部的立場會變得如何？」

他頸部後方的斜方肌如小山蜿蜒般地鼓了起來。大垣全身都繃緊了，一臉鬱悶地說：「升遷會從此停滯吧？不會再往上了。警察是採扣分主義的。」

我再次觀察了眼前的大漢。這時借重他的力量或許也不錯。要讓恐嚇男心生害怕，他會是比我適合的角色。

「對了，剛才你的摔角技好厲害。大垣先生年輕的時候很強吧。」

前警察撐大了鼻孔，挺胸說道：「我以前在慕尼黑奧運是柔道無量級的指定選手，雖然在選拔會的決賽上輸掉了。」

原來如此，難怪六十幾歲的人還能輕易把人像絨毛娃娃一樣摔出去。

「既然如此，那要不要這樣？我們兩人合作設計那個叫池本的小鬼。當然一切都掩蓋著不要讓它浮上檯面，也不和警察接觸。目標是教訓那傢伙一番、取回手機裡小遙的照片。這樣子可以嗎？」

大垣凝視著我的臉。六十幾歲與二十幾歲；體重破百與約七十公斤；穿著白色短袖的開領襯衫與穿著二手格子襯衫；前警官與前不良少年——我們從頭到腳都是相對的。因此搞不好反而可以成為很好的搭檔。

前警察用力點點頭。他在麥當勞的桌上伸出有如棒球手套般的手。

「我知道了。雖然你似乎不是個太可靠的搭檔，但阿誠應該很熟悉我所不懂的年輕人的世界吧。就請你多多指教了。」

我握住他厚實的手說：「ＯＫ啦，老大哥。我們趕快把這件無聊的事解決掉吧。」

約好隔天再見後，我們走出了和白天一樣明亮的速食店。

隔天，我一如往常在午前開店。前一天崇仔坐過的欄杆上，坐著盤起手的大垣，像一隻會耍技藝的大熊。

「你等我一下。」

我對他講了一句，開始在店頭排列起裝有水果的瓦楞紙箱。

「讓我幫忙吧。」說完，他輕而易舉地三個、三個搬起裝有香瓜、蘋果與梨子的紙箱。重達三、四十公斤左右的重量，這隻大熊似乎完全不當一回事。

「哎呀，真是不好意思啊。」

我家老媽從店裡露臉鞠躬。大垣搔搔頭，露出不知所措的表情。

「我是舊時代的人，只要看見有人在工作，就無法置之不理。等等我要暫時借用妳兒子一下，我會注意不讓他發生危險，請多指教。」

客氣的態度、謙卑的措辭。老媽似乎遭到他一擊斃命，像在演戲一樣砰的一聲拍著胸口道：「如果這種男孩可以的話，請你盡量使喚他。阿誠，要是沒把工作做好，我可饒不了你啊！」

氣味相投的老人家，真是太可怕了。

開完店後，我們走到秋天的西口公園去。今年由於暖冬的影響，櫸樹與染井吉野櫻樹才染上一點色彩而已，還沒開始落葉。當然走在路上的年輕人們，也都還穿著夏天的衣服。有超短迷你裙，以及露臍針織服或薄針織衣。值得一看的是不穿絲襪的腿，以及腿上穿的長靴，地球暖化也不完全是壞事。

鋼管長椅的鄰座上，大垣正展現著前警官的習慣。他拿出黑色的小筆記本，擺出一副要拿原子筆作筆記的樣子。在至今和我一起行動的人當中，完全沒有什麼人認真作過筆記。正統的做法畢竟還是不一樣。

「這次事件很簡單不是嗎？只要把池本叫出來、適度威脅他一下就解決了。畢竟對方是恐嚇小遙交出兩百萬，自己也不可能去報警，對吧？」

我這麼說完後，大垣露出吃驚的表情。

「阿誠已經習慣這樣的事了嗎？」

「還好啦。在池袋，這種呆頭呆腦的麻煩發生次數多的跟蟬一樣。」

我看向背後的櫸樹。就算已經進入十月，蟬兒們還是悶熱地叫著。

「可是要怎麼把池本叫出來？」

這位前警官畢竟是行動派，思考工作全給我來做，也難怪他只升到不太高的職位了。問題就在這裡，要怎麼把業餘恐嚇犯叫出來呢？

不過也沒有什麼好思考的。能連到池本身上的，就只有一條線索而已。我抽出手機，選了小遙的號碼，眨眨眼對大垣說：「你等我一下。順利的話，搞不好今天之內就結束了。」

大垣露出一副不相信的表情，直朝我盯著。

「是我，阿誠。」

電話那頭傳來極其想睡的聲音，「什麼嘛，這種時間打來！我昨天可是熬夜跳通宵耶。」

雖然她這麼說，但時間已經是日上三竿的上午十一點半了。我無視於客戶的身體狀況說：「我問妳，妳那裡有和麻的手機和郵件地址吧？」

「有是有，怎麼了嗎？」

「現在妳在哪裡？」

「要町的朋友家。」

地鐵一站的距離。但如果從這座公園出發，用走的可能比去坐地鐵還快。

「既然這樣，妳馬上過來，我人在西口公園。」

「到底是什麼事呀？」

「我就說，這種簡單的事情要趕快解決掉啊。妳明明沒付錢給我，有什麼好抱怨的？聽好，馬上來啊！一小時後圓形廣場見。」

小遙好像還想說什麼，但我不理她，猛地掛斷電話。如果是收費的專業工作，可就不能這樣了。業餘萬歲！我露出一副天真無邪的表情對大垣說：「就是這樣，那我們去吃午餐吧，我再好好講給你聽。」

大垣一臉不服氣。

「你別讓大小姐知道我的事。」

「我知道啦。」

我們在吉野家吃了牛丼，又到羅多倫喝冰咖啡，加起來是五百圓多一點。對沒錢的人來說，通貨緊縮真棒。我把靈光乍現想到的計畫講給大垣聽。他在羅多倫的二樓一臉狐疑地說：「這麼粗糙的計畫，真能把犯人叫出來嗎？」

我喝了一口冰咖啡。吃完牛丼後喝的咖啡真是棒啊！

「在池袋做壞事的小鬼程度都很低。做到這樣已經很夠了。再說，會派大垣先生過來，表示課長也認為只要用一點腕力脅迫，就能夠馬上搞定對方吧。」

大熊的臉上緩緩地浮現理解的神色。

「你說的也對。」

雖然不方便大聲講，但第一線警官的水準，事實上差不多就是這樣吧。管用的是系統，而不是個人。這是日本各種組織都存在的狀況。

我們隨便打發掉一段時間後，走出咖啡店。池袋的站前什麼都有，真的很方便。

過了約好的時間十五分鐘後，和昨晚一樣裝扮的小遙來了。在我隔壁坐下後，傳來一點汗水的味道。大垣坐在相隔一段距離的長椅上，戴著太陽眼鏡、手裡攤開體育娛樂報。

「手機借我。」

我一伸出右手，小遙露出真的很不情願的表情。我又沒叫她給我看內衣褲，但或許這也是沒辦法的事，因為手機現在已經是人身上最私密的用品了。

「要幹麼？」

「傳簡訊。」

又是一副狐疑的表情。我這樣的做法讓她很不能信任吧。

「阿誠要代替我，用我的手機傳簡訊嗎？」

「對。然後要把和麻叫到這裡來。」

她似乎總算弄懂了。

「可是，不會露餡嗎？阿誠你不會用什麼繪文字吧？」

與其說我不會用繪文字，不如說我很少打手機簡訊。

「所以囉，很抱歉，妳與和麻間互傳的簡訊全部借我看吧。我必須假裝是小遙才行。」

我要扮演的是喜歡夜店和ＳＭ、警視廳幹部的女兒。這次事件中最困難的，或許就是假裝女生打簡訊吧。

就這樣在長椅上坐了一小時。

我徹底讀過和麻與小遙間多達數百則的愛的往來簡訊。在春天結束時，兩人在夜店認識後不久的簡訊，和麻寫得很溫柔。接著，內容漸漸變得大男人，到了夏天已經當成自己是她的主人一樣，不過口氣驟變是進入九月之後的事。

看到突然以咒罵開頭的簡訊後，我問小遙：「這一陣子，發生了什麼事？」

即便小遙讀了這封以「糟透了的人渣女」開頭的簡訊，也面不改色。

「他管得太過火，我開始覺得煩了，而且如果沒有徵得他同意就去聯誼，回來後他就會罵個沒完。和麻這個人，喜歡的是會聽話的那種娃娃般的女生。」

無關年齡多寡，這種不成熟的男生隨處可見。簡訊讀著讀著，從態度驟變兩星期後兩人就分手了，接下來那個星期就開始恐嚇了。原本很美好的戀愛，卻是這種讓人興味索然的結局，我讀來直發膩。既然這樣，在秋天的池袋單身也不壞。

「好了，我來打打看吧。」

我點選撰寫新訊息的畫面，活動了一下肩頸，看向遠方長椅上的大垣。剛步入老年的大熊驚訝地回望我。我冒用身分打的簡訊大概是這樣的感覺。

＞好久不見了，和麻♥
＞在那之後，我想了很多……
＞覺得自己也稍微有不對的地方。
＞講好的金額，我可能沒辦法全部給，
＞但我準備了一筆錢，
＞今天能不能碰面呢？
＞我也想看看和麻的臉♥

＞四點我在西口公園等你來哦，

＞一定要來哦♥♥♥

在我連續用了三個愛心符號的時候，整個背脊發涼，但我勉強忽略掉它。小遙從旁看著螢幕，指責道：「我先聲明，我完全不想看到那傢伙的臉，而且一點也不覺得自己有什麼錯。」

那是當然的吧。對方可是拿在床上的照片威脅前女友的人渣。

「我知道。當然我們一毛錢也不打算給他，不過對於自以為是的男人，要撒出這樣的誘餌比較好。因為，他們都以為自己是世界的中心。」

「或許就像你說的那樣吧。」小遙露出無法認同的表情這麼說道。

⚜

我們決定好在約和麻見面前的二十分鐘再行集合，就先解散了。小遙說她要去PARCO看看秋冬裝打發時間，我目送她穿著熱褲、信步往東武百貨出口❷漸行漸遠的背影，往另一張長椅移動。

「阿誠，真的光靠一封簡訊就能釣到池本嗎？總覺得你這種做法不行，太靠不住。」

---

❷東武百貨與池袋車站的建築相連，並且擁有數個出入口；若小遙想從西口公園到東口的PARCO，最快的捷徑就是從西口公園的東武百貨出口穿過車站，來到東口側。

一拿下太陽眼鏡，他的眼睛很小，是一張很和藹的臉。我聳聳肩說：「不知道啊。不過簡訊裡寫著要給他錢，而且也假裝對池本還存有依戀，我想他十之八九會開開心心地上鉤吧。」

我一在長椅鄰座坐下，大垣就把體育娛樂報對折起來。今年秋天，每天報上都有和相撲界相關的負面消息。

「這個嘛，一旦你幹了幾十年的警官，看待世界的方式就會變得簡單。這個世界固然有陰暗與光明兩面之分，但很少會有光明的陰暗面或是陰暗的光明面這種狀況存在。一般的犯罪者只會一個比一個陰暗。以前街上全是一些可以馬上解決的事件。但是到了十五年前左右，泡沫經濟結束後一陣子開始，街道與犯罪都變得莫名其妙了。」

我也一樣覺得莫名其妙。

「你的心情我能懂。就連那些你當成是外星人看待的年輕人，也完全無法解讀這個世界會變得如何。」

大垣露出疲憊的表情站了起來。

「再來是四點嘛，我到咖啡店休息一下。仔細想想，或許我是在一個美好的時代擔任警官。現在的話，應該當不下去了吧。」

大垣緩步消失在往車站的方向，背影厚厚圓圓的。人生的巔峰結束會是什麼感覺呢？我試圖想像著四十年後的自己。連明天的生活如何都不知道了，又怎麼可能知道那種天荒地老以後的事？

我回家去賣一顆一百五十圓的富有柿去了。感到迷惘時，就集中在眼前的工作上，這才是庶民最聰明的生存之道吧。

秋天的午後四時，是陽光漸漸成熟為金黃色的時間。

池袋西口公園有如撣過了金粉般，有點濛濛的，不過也可能只是太多灰塵而已啦。這次小遙很準時出現，在長椅上坐下，一面發出啪啪的聲音開開關關著手機，一面等待和麻。我在隔壁的長椅上觀察狀況。

大垣在距離更遠的長椅上。這次如果能用我的三寸不爛之舌搞定，就輪不到奧運的強化指定選手出場了。畢竟，這裡是太陽還高掛在天空中的站前公園。我打開手機，打給大垣。

「聽得到嗎？」

「嗯，聽得到。」

他位在距我約十五公尺的長椅上，把手機靠到了耳上。

「池本差不多要到了，我的手機會這樣保持通話，你就聽聽我們講什麼。已經調整成錄製對話的模式了吧？」

耳邊傳來大垣低低的聲音。

「嗯，沒有問題。倒是我問你，你不覺得我出面徹底威脅對方，事情會比較快解決嗎？」

「你想在池袋警察署眼前的公園做這種事嗎？再怎麼說，能夠和平解決總是比較好吧。這裡可不是道館啊。」

任誰都一樣，只要自己有力量，就會想把它用出來。一旦醉心於運用力量，會變成怎麼樣呢？美國的中東政策就是明證。

「好吧。不過阿誠，有什麼事的話，要呼叫救援啊。」

「謝謝你，有你在我很放心啊，老大哥。」

我一面疑惑著大垣有沒有讀過喬治．歐威爾❸，一面閉上嘴。

剛剛好下午四點，和麻自東武百貨出口入侵西口公園。他出乎我意料的矮小，幾乎不到一百七十公分，穿著朝氣蓬勃的黑色窄管牛仔褲，以及騎士夾克。髮型還是那個龐克頭，眼影也和手機照一樣。這傢伙以為自己是《剪刀手愛德華》（*Edward Scissorhands*）嗎？他在小遙坐著的長椅前站定後，以不可一世的聲音說：「嘿，好久不見啦，有稍微反省了嗎？」

小遙露出一副強忍著想吐感覺的表情。這個小鬼頭確實讓人很不舒服。小遙朝我看來，講出我們事先套好的第一句話。

「阿誠，這傢伙就是池本和麻。」

我一面看著和麻的臉，緩緩站了起來。

「和麻就是你呀？我是小遙的新男人。」

好像那種低成本、小規格電影裡的臺詞，冷到爆。不過臺詞如果沒弄到這麼好懂，就不會有衝擊啦。我一靠近他，他後退了半步。

「你拿以前的照片勒索小遙是吧？你真是最差勁的男人耶。」

我確認了一下胸前口袋裡的手機，是不是好好保持在通話狀態。和麻背後的長椅上，前警官正豎耳傾聽著。此時必須好好威脅一下恐嚇犯才行。

「你以為那種照片可以拿來撈錢嗎？勒索金錢是犯罪，散布照片也是犯罪。」

「那又怎樣？」

池本和麻、二十七歲、AB型、膽小的處女座。這個不斷換工作的打工族，音調出乎意料的高亢。

「我已經聽小遙講過太多她那自以為了不起的警察臭老爸的事了。她之所以變成這麼徹底的M，也是那個不可一世的老爸害的。」

要比吵架與嘴硬的話，我不可能會輸。我又往前一步，向那傢伙施以壓力。

「蠢材，你以為我會擔心小遙她老頭嗎？那種傢伙會怎樣，跟我沒關係啊。」

在長椅上的前警官連忙起身。雖然我非常想笑，但還是勉強維持可怕的表情。

「但我很不爽你拿我女人的裸照到處給別人看。我知道你的手機號碼和郵件地址，也知道你住哪棟公寓，和麻。」

最後叫出他名字時的聲音，激烈到讓平和的公園裡其他人都轉過頭來。我好歹也有這麼一齣能夠演

❸ George Orwell：英國小說家，著有談及西班牙內戰與冷戰局勢的小說《一九八四》，以及報導文學《向加泰羅尼亞致敬》，小說中以老大哥（Big Brother）一詞隱喻獨裁者。

得像樣的戲。

「……幹、幹麼啦！」

「如果你也住在池袋，應該聽過G少年吧？我就像是G少年的終身榮譽會員，你和我作對，就等於和池袋所有年輕人作對，知道嗎？」

像這樣實際扮演國王的角色，真的很爽。他似乎完全嚇壞了，看得出他的腳在發抖。

「手機借我。」

和麻有所遲疑。我又催促了一次。

「趕快拿出來！」

他的手慢吞吞地伸進牛仔褲口袋，拿出一支如銀色雞蛋般的漂亮手機。我從他的手中搶下，打開手機蓋，選擇資料目錄。上頭浮現密密麻麻的小照片。

「不要這樣，我也有隱私……」

「你有資格談隱私嗎？」

游標往下捲動後，我發現被他拍攝的還不只是小遙而已。我沒有細看，因此不知道正確的數字，但目錄裡還有小遙之外三、四個年輕女生的裸照。

「和你分手的女生，你都威脅她們，對吧？」

看得出他很害怕，似乎完全被我說中了。我邊笑邊回到最一開始的畫面去，選擇刪除整個照片目錄——等一下——我又從側邊的溝槽中取出Micro SD記憶卡，才把銀色手機丟還給和麻。他相當驚慌地雙手接下了手機，好像在接什麼點了火的炸彈似的。

「你聽好，不要再靠近小遙。要是敢這麼做的話，我不會讓你好過。」

和麻似乎只關心手機而已。他找尋著已經刪除的目錄，拇指按來按去。

「等等。」

女生的手從旁伸了出來，搶走他的手機。小遙似乎從通訊錄中刪除了自己的號碼與郵件地址，還很細心地把往來的簡訊與通話記錄全刪除了。這個嘛，沒有把他的通訊錄整個刪掉算不錯了。

小遙撲向我，勾住我的手。

「我可要聲明，像你這樣的自戀狂，我一點都不會依依不捨。不要再打給我了。」講完後，她在我臉頰發出「啾」的聲音、親了一下。

「我們現在可是恩愛得很啊，沒空理你。」

我們拋下生氣又屈辱、全身發著抖的和麻，離開了西口公園。這樣就解決一件事了，可喜可賀。走出公園時，我揮開小遙的手。

「妳要勾到什麼時候啊？那個吻也太超過啦。」

小遙似乎心情正好。

「又不會少一塊肉，那種程度沒什麼吧。而且看到和麻那表情，真是太爽了。他就是一副既懊惱又想哭的表情呀。」

一天內就解決掉的輕鬆麻煩。如果每次池袋都是這樣的事件就好了。

「我想應該不會有什麼問題了。如果還有事，再打給我吧。掰啦。」

我正想回公園，小遙噘著嘴說：「阿誠，我請你吃晚餐當謝禮吧？有一家好吃的韓國家庭料理，要不要去？」

雖然她不是壞女人，但和小遙交往有一點可怕，我可不想自己的手機記錄全被她刪除啊。

「我還有工作，下次再一起吃飯吧。」

「像我這樣的美女，可不會有什麼下次的機會囉。真是的，無聊的男人！」

這還是我第一次在解決麻煩後還被對方抱怨的。池袋也變了啊。

回到公園裡，和大垣會合。

「我剛才都聽到了。但那種程度夠嗎？我是覺得讓池本再多吃點苦頭，他才會學到教訓。」

確實如他所說。池本不斷和女生交往，又不斷拿裸照威脅對方。要這種伎倆的男人，給他懲罰或許比較好。

「可是你們希望把所有和小遙有關的事都保密下來，對吧？既然這樣，也只能做到這種程度了。如果他是正常男人，我想絕對不會再靠近小遙了。」

大垣抬頭看著建築物間池袋那片狹窄的天空說：「跟你說，阿誠。我活到六十幾歲，已經慢慢搞不懂什麼是所謂正常的傢伙了。你所講的正常、我的正常、大小姐她的正常，以及池本的正常，大家的正常都各有不同吧。」

我投上了年紀的大熊一票。隨著我年事漸長，也漸漸感覺到這一點。反過來說，正常或許反而是一種最獨特的狀態。大垣站起來，向我伸出手。

「謝謝你，阿誠做得很好。」

我用力回握。

「哪裡，一如往常而已，不值一提。」

我們在夕陽的天空下道別。蜻蜓彎著牠透明的翅膀，在副都心的公園飛翔。那時候，我以為這是個令人舒暢的完美結局。

任何人有時候都會對「正常」有所誤解。

三天後，半夜來了通電話。這種時候會是誰打來啊？我超不爽的，躺著接電話說：「喂，什麼事？」

有印象聽過的高亢聲音。

「是我啊，和麻。」

他是怎麼查到我號碼的？真是困擾。他毫無疑問是個不到「正常」水準的傢伙。

「你不是小遙的男人，也不是G少年的成員，竟敢撒那種謊威脅我啊！」

耳邊傳來痰在喉頭卡住般的笑聲。半夜聽起來，實在是令人開心的聲音。我說：「你還是一樣那麼蠢耶。」

和麻嗤笑一聲，開口了，這次似乎還滿遊刃有餘的。

「你能夠講這種話也只有現在了，我讓你聽聽聲音吧。」

手機傳來磨擦的沙沙聲後，突然傳出慘叫。

「可惡，住手，你這變態！好噁心！」

是小遙的聲音。我大叫道：「住手，和麻。你對小遙做什麼？」

和麻以陶醉的聲音說：「痛是一件好事啊。你不是也知道這女的是個變態嗎？」

怒氣在我剛醒來的肚子裡沸騰著。我勉強壓低聲音說：「和麻，你到底想怎樣？」

「呼呼呼，這個嘛，這次換我把你叫出來了。一小時後，到上池袋圖書館後面的公園來。你一個人來呀，真島誠！」

通話突然斷了。我已經好久沒有這樣，在黑暗的房間裡全身感到夜晚的沉重壓力了。

我直接撥打手機。

先打給大垣，響到第六聲時，前警官接了。

「怎麼了，阿誠？」

我說明了來龍去脈。小遙被抓走，和麻找我出去。簡單到不能再簡單的說明。大垣呻吟似地說：

「知道了。我也去。這次可以和他打照面了吧？」

我點點頭，回答道：「嗯，好好讓他嘗嘗你給的苦頭吧！」

告訴他地點與時間後，我切掉通話。到此為止花了兩分鐘多一點。接下來，是把這次的麻煩丟給我的始作俑者。即便過了凌晨一點，國王的聲音還是如同剛起床般清醒。

我直接切入正題：「之前那個女的被抓走了，希望你們提供後援就好。」

「不需要幫手嗎？」

我想到武鬥派的小隊、幾輛休旅車，以及和麻顫抖的臉。

「不用了，這次應該沒有麻煩到那種程度。我和另一個人就能搞定，你們只要當後援即可。」

「真無聊。地點時間呢？」

我跳出棉被說：「上池袋的櫻公園，時間是今晚兩點。」

「瞭解。」

國王的電話驀地掛斷。

我從停車場裡把日產小貨卡開出來。經過池袋大橋時，我看到ＪＲ軌道兩旁形成一個耀眼的光之谷。每棟建築就算到了半夜，也都是燈火通明，一定是沒有什麼關燈的開關吧，就與和麻那個小鬼一樣，不知道該如何適時收手。

櫻公園正如其名，是座位於辦公區、在染井吉野櫻樹包圍下的公園。這裡有幾盞路燈，但由於依然長著綠葉的樹木遮蔽了燈光，園內很昏暗。我才在鞦韆架上坐下來等，就傳來計程車的停車聲。大垣小跑步過來說：「真麻煩的傢伙啊。」

「嗯。」

「在那之後，池本還有聯絡你嗎？」

「沒有。他叫我一個人過來，所以你能不能找個地方躲起來？我打暗號後你再出來就行了，這樣可以吧？」

我的右手拍拍胸脯。大垣點點頭，開始做輕度的準備體操。無量級的柔道選手雖然已經年過六十，實力仍然小覷不得吧！就讓我拜見一下本領。我的手機響了，是崇仔的聲音。

「樹叢裡躲了四個人，我也在遠處盯著。你轉頭看後面假山的水泥管。」

池袋的國王躺臥在那裡揮手。我也溫柔地揮了回去。

「知道了，這樣就準備完畢，再來伺機而動。」

我確認了公園的時鐘與自己的手錶，距離凌晨兩點還有二十分鐘。

公園外傳來汽車聲，現在距離約定時間還有五分鐘。人影一個個走進園裡，我很快數了數，一共四個人。全部是男的，似乎沒有小遙。

和麻以充滿自信的口氣說：「嘿，阿誠你不錯嘛，前來赴約而沒有逃走。你明明沒和小遙交往不是嗎？」

我觀察了那三個男的，時尚品味與和麻的龐克風完全不同，穿的是牛仔褲與隨便搭的運動衫、運動外套。他們是什麼關係呢？看起來不像是朋友。和麻說：「請你們揍他，寺內先生。」

被點名的寺內露出苦澀的表情。

「你不要亂把別人的名字講出來啦，這樣不是被要教訓的對象聽到了！」

從這種口氣可以得知，他們是和麻花錢請來做壞事的打手。

「你們幾個被這種蠢小鬼使喚不太好吧。你們知道他做了什麼嗎？他是個分手後拿前女友的裸照向人家勒索錢財的男人啊。」

三個男子從臀部口袋拿出手套，似乎是格鬥技中使用的皮手套。應該是不想弄痛拳頭吧。寺內說：

「我們也不想，而且和這傢伙根本不熟。我們和他只是在網路上認識、收他的錢揍別人而已。這是我們的工作，請見諒。」

既然他這樣講，就沒什麼好顧忌了吧。我的右手在胸脯上一拍，大垣從樹叢中一躍而出。這臺重型戰車腳步一滑，靠了過來。三個男子都是一般身形。這三個來自網路、什麼都幹的壞傢伙顯出不安的神情。我一面晃著臉頰上的肉，一面向有如牛頭犬般衝過來的大垣叫道：「兩個交給你，另一個我來收拾。」

池袋的國王也在旁觀看，我可不能手下留情。雖然打架不是我的專長，但我實在很不爽三人圍攻一人這種做法。我逼近帶隊的寺內。有人叫道：「嗚喔喔！」

那是巨大灰熊的咆哮聲。我的腳停了下來。大垣像是化成一陣人形龍捲風，最先成為犧牲者的是最右邊的男子。小跑步靠近的大垣一抓住他的衣領，他的身子就彈了起來。大垣的右腳也朝向空中，是一記很精彩的「內股」❹攻擊。被大垣摔在地上的男子沒有再站起來，那樣的速度快到無法招架。

大垣就這樣腳步不停地朝我原本打算攻擊的寺內移動。這次他輕輕伸出右腿，把那位隊長摔了出去——這招應該是「隅落」❺吧。速度實在太快，連出的是哪一招都看不清楚。剩下的那人鐵青著臉，從公園逃走了。大垣叫道：「池本！」

大垣又小跑步朝和麻奔去。雖然已經把兩人摔得爬不起來，他連一滴汗也沒流。

和麻渾身發抖，和上次在西口公園時一樣，不過這次比上次還可怕得多吧。他連忙伸手探向口袋，拿出來的不是銀色手機，而是同樣閃著銀光、如玩具般的刀子。他對著朝他而來的大垣胡亂揮舞著刀，連刀子怎麼使都好像不懂。

前警官毫不在意地逼近他，拿住他持刀的手、轉到身側。和麻發出慘叫的同時，刀子也落到地面。才一瞬間，大垣就讓和麻的肘關節錯位了。和麻抓著呈反「く」字形的手肘在地上打滾。大垣騎到和麻身上，打他的臉頰說：「小遙小姐在哪裡？老實講出來就幫你把關節弄回去，不講的話，也讓你的左手錯位哦。」

如棒球手套般的手，抓住了他的左手腕。和麻因恐懼睜大了眼睛。

「綁著倒在我房間地上。」

和麻往我看來，噙著淚水乞求道：「阿誠，拜託你，叫這隻牛頭犬離開我身上。你講什麼我都聽，拜託！」

大垣又扎實地賞了他一巴掌後，把和麻的右手臂弄回去了。

◆

說真的，我很驚訝，所謂「下巴都掉了」就是這種情形吧。有人的手放到我肩上。

「你找了一個非同凡響的大叔搭檔呢。」

是崇仔冰冷的聲音。我頭也不回地說：「如果是你，要怎麼阻止那隻退休了的牛頭犬？」

「真棘手呢。要是被他抓住，一剎那就會把你丟出去，因此要在那之前就決一勝負。如果沒精準打中他的要害，就是我被摺倒了吧。」

這個男的無論對手是誰，都很冷靜面對。我對著前警官說：「怎麼了，他刺傷你了嗎？」

右前臂有一道長十五公分左右的割傷，流下的血滴到了公園的地上。崇仔手指一彈，樹叢裡跑出一名G少年，打開腰包，從中取出紗布與膠布。由於大垣擺出迎戰的姿勢，我出聲道：「他們是我拜託擔任後援的人。大垣先生，讓他們幫你處理一下傷口比較好。」

崇仔露出莫名所以的表情和前警官說話，那是來自國王的親自讚美。

---

❹柔道技巧之一，用腳從大腿內側把對方身體頂起，再順勢使出過肩摔。

❺柔道技巧之一，又名「空氣摔」，不接觸對方軀幹，只用巧勁就把對方摔出去的招式。

「看來你不需要什麼後援嘛。別看阿誠是這樣的人，他可是我們團隊的大腦。謝謝你救了他。」

他救了我？開什麼玩笑。

「如果你指的是躺在那裡、叫寺內的傢伙，我本來就打算好好解決他的。」

國王以有如乾冰的聲音說：「這樣嗎？阿誠的腿抖得和那邊那個小鬼頭一樣耶。」

下次G少年再拜託我什麼，我會斷然拒絕。

我和崇仔在公園道別。我的小貨卡裡，坐了大垣、和麻與我三人，幾乎沒剩什麼空間，好像三個人擠在長椅上一樣。和麻住的公寓在板橋區，位於北園高中後方。

大垣從後頭抓住和麻的皮帶，要他帶路進房。明明大垣只用一隻手，和麻的身體卻不時浮起。有如大力水手卜派般的六十多歲男人。打開門鎖，走進玄關，在整潔的單人房裡，嘴裡被塞了堵嘴球的小遙倒在那裡。她臉旁積滿口水，看到大垣的表情比看到我還驚訝。

我解開她的繩子，拿出堵嘴球。小遙連謝也沒謝就叫道：「大垣叔叔，你怎麼會在這裡？」

「大小姐，妳太不聽話了啦。女孩子一定要慎選交往的男生才行。」

他有如棒球手套般的手打了和麻的頭一下。我察看了屋裡，就算手機的照片刪除了，一定還有備份資料吧，小遙的住址應該也是從那裡查到的。我看到書桌上的電腦，一面拔掉電線，一面抱走主機。我對著和麻說：「電腦只有這臺嗎？」

他發著抖點頭。

「知道了，那手機也交給我。」

他沒有再反抗，只邊壓著右手肘邊流淚發抖而已。這傢伙雖然對女生暴力相向，自己應該也沒被暴力對待過吧。真是缺乏想像力的小鬼頭。我從他手中搶走銀色手機後，向兩人說道：「這麼臭的房子，我沒辦法一直待下去，走吧。」

回程車上，稍微有一點在開車兜風的氣氛。小遙總算察覺到大垣的傷口，她看著滲血的紗布喧鬧道：「叔叔你會死掉的，我們去醫院。」

我搖搖頭：「不能在池袋這裡。明天再去有熟人的警察醫院吧。」

大垣點頭：「是啊，那樣比較好。阿誠，我之前或許有些瞧不起你，但這次的事情如果沒有阿誠，就會是截然不同的結局了吧。你幹得很好，我代替宮崎課長感謝你。」

有一瞬間，我的手從方向盤上鬆開。

「不用這樣說啦，你也很厲害啊。崇仔說，等你有空，隨時都歡迎你加入G少年突擊隊。」

「那個G什麼東西，是什麼？」

我笑了，對著大我四十歲左右的大叔眨眼。

「是你不用知道也沒關係的事。」

靠近池袋大橋時，大垣說：「車子停一下。」

其實這裡禁止停車，但停一下應該沒關係吧。我把小貨卡停在橫跨軌道的陸橋路肩上。

大垣與小遙並肩站在扶手那裡，我站在略遠的地方，靠在小貨卡的門上。小遙說：「大垣叔叔會來這裡，就表示我家老爸也知道了吧。」

大垣的聲音完全和與男生講話時不同，溫柔到像是在和小女孩講話。或許兩人初次相遇，就是小遙在那種年紀的時候。

「那個男的也把照片寄到課長那裡了。我想他一定是打算向大小姐與課長雙方面勒索吧。」

小遙用腳上的高跟靴踢了扶手一腳，出乎意料的發出清脆好聽的金屬聲。

「那大垣叔叔也看過我的照片了？」

「嗯，我在職務上不得不這麼做。」

「這樣呀。叔叔和我老爸都很失望吧。」

大垣耐心十足地說：「沒有什麼失望不失望的啊。世界上本來就有各種嗜好存在，我認為每個人在床上也是自由的。不過要做那種事，一定要挑選對象才是。」

小遙似乎完全沒有回答。

「是、是，我知道了。因為我沒有媽媽，小時候就一直是叔叔在凶我。如果叔叔來當我爸爸有多好。」

小遙把頭靠在如小山般的肩膀上。大垣雙手抓住小遙的手臂，要她筆直站好。

「大小姐，那就不對了。從剛才聽到現在，妳一直稱呼課長是『我老爸』，不可以用這樣的叫法。不是『我老爸』，而是『我父親』才對。」

把兩個男的摔出去也面不改色的男子，這時卻拚了命在開導。

「這次也是。如果大小姐出了什麼事可就麻煩了。課長原本打算，就算自己的升遷付諸流水，也要把一切都公諸於世。但我阻止了他，說在那之前，先讓我出馬看看。」

小遙那畫上全黑眼影的眼睛凝視著大垣的右臂，汩汩滲出來的血漸漸溢出紗布外。

「……我那個父親是嗎？」

我原本打算保持沉默，但還是鬆開盤著的雙手說：「小遙，妳一開始不也講過嗎？妳唯獨不想造成父親的麻煩。並不因為妳是M，妳表現愛情的方式也就跟著扭曲，不是嗎？妳真的很不坦率耶。」

小遙的眼底淌出幾滴黑色的淚水。一開始，是小得聽不到的聲音。

「……爸……爸……我的爸爸。」

大垣含著淚撫摸她的頭說：「沒有關係啦，大小姐。」

大半夜在陸橋上，小遙緊抱住大垣那有如大熊般的身軀。秋天的夜風乾乾的，很輕巧。我就這樣等了幾分鐘後，悄聲向兩人說：「在禁止停車區被人家開單前，我們回去吧。我送你們。」

和麻的手機與電腦，結果是拿到了Zero One那裡去。本來打算就這樣毀掉它，但還是必須調查被害人的實際狀況吧。那傢伙存在硬碟裡的裸女照總共有二十三人，當然小遙也是其中之一。過了幾天，我把一疊印出來的東西交給小遙說：「只要有這些照片和小遙手機裡留下的脅迫簡訊，隨時都可以把和麻關進拘留所。再來就隨妳怎麼用它們了。」

這次我們不是在夜店前，而是坐在舞臺旁的沙發席上。我偶爾也會玩玩，小遙也醉了。後來我們沒有再聯絡，也不知道和麻變得如何。不過那種程度的事件，我想報紙應該不會報導吧。

我是在赤坂的高級日本餐廳（！）接受宮崎課長的招待，當然大垣大叔也一起去了。他不同於小遙，是個出色的警官，不過在談到自己對小遙的教養方式有錯的時候，眼裡略泛淚光。但沒有什麼像孩子的養育方式這麼困難、這麼難以預測未來的了。我們家也一樣，老媽老是講相同的事。

不過至少我在池袋當地算是名人，也沒有太過偏離正道。不但如此，我還是不錯的名作家。這一點只要看過我假裝女生打的簡訊，應該就能知道了吧。

崇仔在結束G少年的聚會後，和我去喝一杯。他把酒當水一樣喝，但絕不會酒後亂性。

「阿誠，能不能請那個叫大垣的柔道家當我的練習對手？」

國王怎麼會想到這種離譜的事。

「我和那個男的體重應該相差近五十公斤吧，我很想找奧運級的選手試試自己的拳頭與速度可以運用到什麼地步。」

「知道了，我聯絡看看。」

我把手肘靠在吧臺上，空想著國王被大垣過肩摔出去的樣子。偶爾讓這個男的嘗嘗被打得落花流水的滋味或許也不錯。因為人類要是不受傷，是不會成長的嘛。

至於我，已經受夠肉體上的苦痛了。我的工作靠的是腦力，重要的是溝通能力。在精神上，我也有堆積如山的青春煩惱。我是個每天成長的麻煩終結者，不過你也千萬不要著急，看那位前警官就知道，人就算過了六十，還是能夠動成那樣。

每個人都沒有必要急著成長。只要這麼去想，就能夠在無苦無憂的心情下度過每一天吧？

池袋ウエストゲートパーク

非正規反抗

在我們生活的這個國家，二十四歲以下的年輕人有一半是透明人，你知道嗎？他們穿得整整齊齊，也好好洗了澡，從外觀上來看，和隸屬於上層階級的年輕正職員工沒什麼兩樣。他們正處於威脅到憲法所保障生存權的貧困之中，卻巧妙而拚命地掩蓋起來。他們身上沒有酸酸的汗臭味，髮型也很普通，如果是女生，應該也會好好地上妝吧（用百貨公司的試用品之類的）。

不過只要仔細去看這些無人會去注意的透明人，就會發現悲慘的實際狀況。他們身上略有磨損的衣服，是折扣商店或二手服飾店秤斤賣的拍賣品；大到不行的後背包或行李箱裡，淨是百圓商店買來的中國製產品。這一點並不讓人意外，因為如果運氣不好，沒有一日雇用的工作進來，一整天所能吃的，往往只有一包從百圓均一店買來的韓國泡麵而已。

他們所擁有的東西中，最昂貴的就是手機。我這麼講聽起來像在說笑嗎？即便理論上人類的生命比手機有價值得多，事實上卻非如此。假設這些年輕人在某家工廠作業時受了重傷，企業與派遣業者多半會規避責任，擺出一副「不關我事」的表情。零件壞了一個又如何？非正職的日薪工作者既不能納入職業傷害，也大半無法加入健保與厚生年金（福利養老金）。他們只能忍氣吞聲。

這些透明人緊緊抓住M型社會的陡峭斜坡，在網咖或速食店過夜，他們的慘叫誰也聽不見。再怎麼說，日本都是個責任自負的國家吧。每個人變成窮人的權利都一樣平等。仔細想想真的很不可思議，一直到某個喜歡歌劇的總理大臣瞎搞什麼「勞動大爆炸❶」之前，日本都還沒有這樣的工作方式，也不存

---

❶二〇〇六年，首相小泉純一郎主導下的「經濟財政諮問會議」提出的勞動市場改革政策，以「勞動市場效率化」為主旨，內容包括去除派遣工作期間限制等等。

在著透明人。

現在的我略有一點難過的感覺。這其來有自。今年冬天，我在池袋認識的難民小伙子有嚴重的椎間盤突出，必須要穿束腹。這個無法看醫生，也沒有自己住處的年輕人，最殷切盼望的竟是能夠伸直雙腿、好好睡一覺。

他在這三年間，都是彎著膝蓋、在調整式躺椅上睡覺。他再怎麼工作到腰部受傷，手邊還是存不了重新挑戰人生的錢。

這次我要講的故事，不是美國或中南美洲那種獨占企業與獨裁者勾結、恣意剝削勞工的故事，而是在我們眼前發生的實際生活故事。它是被我們社會忽視的透明人——難民們組成反抗軍的故事。

請你豎耳傾聽我訴說，把手放在胸前思考。連慘叫聲都沒有就跌到谷底的透明人，有什麼正當理由非得以那種方式生存不可？你敢說明天的我或你，不會變成那樣嗎？

M型社會的斷崖，已經迫近到我們的腳邊不遠處了。

今年東京的冬天也是暖暖的。年都過了，卻還是小雪紛飛而已。空氣乾燥，枯葉與漫畫網咖新開幕的傳單競相在池袋站前微溫的風中飛舞。進入東京都心的起迄點大站池袋，到處都有生意興隆的網咖。至於原因為何，我完全不知道。單純以為充其量就是喜歡看漫畫和打線上遊戲的人變多了而已。

我的每一天和沒有季節感的東京冬季一樣，一點也沒有改變。每天我開開關關位於西一番街的小水果行，或是把裝在木箱裡的草莓（福岡產的甘王草莓，三千五百圓）賣給酒醉的客人。說起來，就像機器一樣重複著相同的作業。

池袋的街頭沒有麻煩。這樣的話，我當然就只會露出顧店的那張臉而已，也會因為沒哏可以寫連載專欄而感到困擾。不過好歹我在街頭雜誌上的連載有好幾年了，我發現一件事——專欄這種東西，不必每次都寫得極其有趣；有時候寫得比較鬆散一點，反而會出乎意料地受歡迎。重點在於，我已經變得能夠一面寫稿，一面放鬆了。這是不是表示我也設法學到了順利度過截稿日的方法了呢？

不過這種理所當然的每一天，總會有結束的時候。

這世界沒有好心到一直置你於不理，開始工作的鈴聲一定會響起。

注意到那個年輕人，是在年假過後的星期一，暖洋洋的陽光灑落在彩色磁磚人行道上的午後時分。我拿著雞毛撢子在店頭把跨年的灰塵從水果上撢落時，注意到他的視線。那是一種拚命到甚至會讓人感受到物理性壓力的視線。

我抬起頭，發現這個才二十歲出頭的小伙子從西一番街的人行道底，正目不轉睛地盯著我們家的店看。會不會是我在哪裡設陷阱獵捕過的傢伙呢？「復仇」這兩個字讓我的背脊發起抖來。不過知道我一向行事如何的各位，應該都很清楚吧。只是那年輕人的視線不是對著我，而是對著店頭的特賣品菲律賓香蕉。

這個年輕人注意到我在看他後，好像從夢中醒來似的別開眼，輕輕拖著右腳走了。我看著他的背影，他的牛仔褲好像穿很久了，已經有自然形成的磨損，在大腿的後面開了個洞，底部的地方鬆垮垮的。黑色羽絨衣的破洞就像有蜈蚣幫忙補強過一樣，肩上斜揹的是黑色大肩包。他全身略往右側傾斜的背影實在讓人印象深刻。是脊椎側彎嗎？這麼年輕又奇怪的孩子。我這麼想著，又回頭去撢水果了，當然我也徹底忘記那小子的事。

畢竟，池袋是東京屈指可數的起迄站，我不可能記住走過站前的每個人的臉。

不過那小子很特別。

每隔九十分鐘，他一定會經過我們水果行前面。他每來一次，就會以熱切的視線看著我家店頭的商品，草莓、香蕉、蘋果和洋梨。就在他進入第四次繞圈時，我在店門口迎接他到來，手上還拿著招待他的菲律賓香蕉。他給人一種走投無路的感覺，而且很少有年輕人一整天在池袋這樣繞著圈子走。或許會是可以寫在專欄裡的好題材。

在建築群的夕陽天空下，那個年輕人又走來了。他的臉色講好聽一點，是下了霜的土黃色。拿手指去戳的話，大概就會有手指的形狀凹進去。察覺到我時，小伙子露出吃驚的樣子，然後又變成難為情的表情。

「雖然我不知道是怎麼回事，但你肚子餓了吧？這個請你吃。」

仔細一看，是個還滿帥的年輕人。他很害怕，連手都沒有伸出來。

「沒關係，不用在意。這個到了明天早上，就會丟進廚餘袋裡了。」

他的聲音和身體一樣細，而且沒有元氣。

「可是我沒有錢。」

那是已經滿是茶色斑點、熟過頭的香蕉，滿滿的一盤只要一百圓。我不懂他為什麼要客氣到這種地步。

「沒關係，你就吃吧。」

我把一串香蕉硬塞給他。年輕人維持著恍惚的狀態，收下軟綿綿的香蕉。我咧嘴對他笑笑後說：「不用錢，但是說代價好像有點那個……總之能不能把你的事情講給我聽呢？我叫真島誠，在某本雜誌上有個連載的專欄。」

他就這樣站著，以發抖的手剝開香蕉皮，大口大口吃了起來。他三兩下在我面前吃掉三根香蕉後，總算恢復像個人樣的表情。

「這是我今天最先吃進嘴裡的東西，謝謝你。如果我的故事還可以的話，請讓我幫忙。不過我的生活狀況很糟，沒辦法拿來寫什麼專欄吧。」

真是個有禮貌到不行的窮人。

我們的目的地是西口公園內側的東京藝術劇場。這裡的咖啡店總是有空位，是車站前鮮為人知的好去處。天氣再怎麼暖，畢竟還是隆冬，太陽一下山，坐在圓形廣場的長椅上可就難受了。總之，那是屁股坐起來好像冰到凍僵的不鏽鋼管椅。

在位於二樓的咖啡店入口處，他遲遲不肯進店裡。

「怎麼了？」

他看著櫥窗裡排列著的蠟製樣品，咖啡四百五十圓、鬆餅五百圓、義大利麵套餐九百五十圓。他以小到幾乎聽不見的聲音說：「如果進去這裡，今晚我就要露宿街頭了。我沒錢。」

他一臉認真。這次換我驚訝了。

「知道了。我請客，走吧。」

進到咖啡店，我們在可以俯瞰巨大玻璃三角屋頂的窗邊坐下。他自我介紹說他叫柴山智志，然後在送來的特調咖啡裡加了滿滿三匙的砂糖。充分攪拌後，他喝了一口。

「好燙，好好喝。剛才的香蕉加這個，就解決一餐了。我已經很久沒有這麼奢侈，在這樣的咖啡店裡喝咖啡了。」

和我同世代的小伙子，只不過在咖啡店喝一杯咖啡就開心成這樣，我們的國家到底什麼時候變得這麼窮困了？

「智志，從剛才你就一直說沒錢，你住在哪裡？至少有家吧？」

「我是有個小隔間可以睡，但我沒有家也沒有自己的房間。因為我晚上是買網咖的夜間方案住在那裡。不過從鄉下來東京的打工族，大家都過著和我類似的生活。」

這是老家在東京的人所無法想像的，事情變得愈來愈有趣了。我在玻璃桌上攤開小筆記本，開始記重點。

「那生活用品之類的怎麼辦？」

智志指著腳邊的黑色包包說：「最低限度的東西都裝在這裡了。不過說什麼也無法丟棄的東西，就放在投幣式寄物櫃中。」

原來是拿投幣式寄物櫃代替櫥子，我很吃驚。

「裡頭都裝些什麼呢？」

智志把眼神拉遠，凝視著藝術劇場的玻璃屋頂。冬天很多暗灰色的鴿子蹲著身子停在上頭。

「國中畢業證書啦、女生寫來的情書啦、相簿啦、最心愛的ＣＤ或書等等。還有就是替換衣物之類的。阿誠先生應該也有說什麼都無法丟棄的東西吧？」

誰都有過去，也有一些連結到過去、無法丟棄的東西。如果斷絕掉這樣的回憶，我們就不再是我們了。我一點頭，他露出嚴肅的表情說：「為了把這種回憶的物品放在手邊，每天得要花三百圓的寄物費，實在很心痛。不過如果把那些東西丟掉，我覺得自己就變成真正的遊民了。」

智志低頭喝了一口甜膩膩的咖啡。對他來說，這不光是飲料而已，也是補充營養的方式吧。我從出生至今，第一次親眼看到真正沒錢的人。

「既然這樣，你怎麼賺錢呢？」

智志的表情一瞬間變成了營業用的笑容。

「粗活我做，服務業我做，有點危險的工作我也做，什麼都做呀！一直到簡訊傳來之前，我都無法知道隔天實際上會做什麼工作。因此我必須注重穿著，隨時保持整潔才行。如果打工地點向Better Days抱怨，公司就不會派工作給我了。」

Better Days是這五年左右急速成長、規模最大的人力派遣公司。我記得他們每年的營收至少五千億圓左右。社長龜井繁治住在六本木之丘的豪宅裡，出門都坐勞斯萊斯或法拉利，也有個人噴射機。如果你問我為何這麼清楚，那是因為最近那種以嘲諷口吻介紹新興富豪的節目（那種沒水準的節目真的變多了呢）裡，已經報導到我看了都厭煩的地步。

「Better Days的社長是不是那個留鬍子、額頭特別寬的大叔？」

「沒錯。不過，我覺得他那麼有錢也是想當然爾。」

智志的聲音很明顯沉了下去。從事派遣工作的智志，連自己的公寓都沒有，那個公司的社長卻擁有根本沒必要的個人噴射機。所謂的M型社會是一齣極其愚蠢的喜劇。畢竟Better Days也不過是一家國內企業而已，我並不覺得社長會有到國外去洽商的需求。智志以不甘願的口氣說：「我這裡收到的日薪，大概是六千五百到七千圓左右。但Better Days卻是以一萬一千到一萬兩千圓的金額承包業務的。他們只用簡訊介紹工作給你，就要抽走近四成。這樣子理所當然會賺錢啊。」

這次我在心底大吃一驚。我家是做生意的，因此我對那樣的世界很熟悉。我試著想像有沒有什麼零售業能夠一直維持四成的利潤，能想到的充其量只有珠寶店啦、高級名牌店啦、化妝品店啦這些而已。人力派遣業的收益結構似乎壓倒性地高。

「這樣呀。那可真是過分呢。」

不過我太天真了。怎麼說，智志的故事還只是地獄的第一層而已。

我邊寫筆記邊說：「你的身體一直歪一邊，究竟是怎麼回事？」

智志翻著白眼說：「你果然發現了。」

像他那樣輕輕拖著腳、駝著背走路，任誰都看得出來吧。

「以前，我做過一份幫某辦公室搬家的臨時工。他們要我一個人把影、列印複合機搬到四樓，超累人的啊。又沒有電梯，機器的重量也遠超過我的體重。就在我一階一階搬上去時，閃到了腰。」

講到這兒，智志拍拍廉價運動衫的側腹處，發出叩叩的聲音。他把運動衫往上掀，露出白色的塑膠板來。我無言了。

「不穿上這束腹，我就沒辦法站。」

「你的腰會一直痛嗎？」

非正職的打工族皺眉道：「嗯，如果一整天都是站著工作或幫忙搬家的話，真的容易感到筋疲力竭。」

「可是你又不能不工作。」

智志的表情繃了起來。

「如果我不工作，明天可能就會變成遊民了。我唯一不想要的就這件事。」

居無定所，在網咖待著，拿投幣式寄物櫃代替櫃子，這種生活不已經是充分的遊民了嗎？這樣的話我說不出口。他的故事用來寫一次專欄，應該很夠了吧。最後我問道：「智志的夢想是什麼呢？」

他疲倦的臉紅了起來。把咖啡杯底部黏黏膩膩的砂糖喝掉後，他說：「我的夢想已經多到數不清了，不過最大的夢想是晚上能夠伸直雙腿睡覺吧。」

我驚訝到忘記作筆記了。不是坐車兜風，不是和可愛的女生約會，也不是做份好工作。這個和我相差沒幾歲的腰痛小伙子，夢想竟然是可以不必在網咖的調整式躺椅上過夜，而是可以伸直雙腿、蓋棉被睡覺。

「另一個夢想就是看醫生吧。阿誠先生你有健保卡對吧？」

「嗯，當然有呀。」

智志羡慕般地說：「上層階級的人果然不一樣哩。」

我不過是個在水果行顧店的而已，在池袋街頭陷身於無聊的麻煩裡，哪裡是什麼上層階級啊？

「像我們這種非正職的打工族，能加入健保的是少數。大家冬天最怕的就是感冒，既不能去看醫生，也沒辦法去做一日雇用的工作，大概會有三、四天變成一文不名的遊民。」

原來是這樣呀，過去我什麼都沒有發現。在我們的城市裡也有無數過著邊緣生活的年輕人。因為他們全無一句怨言，默默地日漸跌到M型社會的谷底去，因此我並沒有察覺。

「喂，智志，你如果真的有什麼困難，打電話給我吧。這次的專欄會分成兩次寫，你要好好保持聯絡哦。」

於是，我們交換了彼此的手機號碼與郵件信箱。這是網路時代重要的自我介紹。真的很奇怪，互換資訊還比像這樣面對面來得重要。

我們每個人都是在倒立行走的，雖然很愚蠢，卻也莫可奈何，因為那是理當會到來的未來世界。

我決定回去店裡，因為有極多事情想用自己的頭腦思考看看。智志有禮貌地謝謝我請他喝咖啡後，就低著頭消失在池袋站前了。如果一直坐在兒童遊樂場所或是廣場之類的地方，有時候會有居民去通報，有時候則是警察會來問話。他說他的腰和腿真的都很痛，想找個溫暖的地方休息，但只能在車站周邊兜圈子。因此，他才會每隔九十分鐘就經過我家店門口。網咖的夜間方案要晚上十點才開始，在那之前他只能像這樣設法打發時間。真是難以想像的生活！我話先講在前頭，這不是中國西南部或菲律賓貧民區的故事，而是此刻就在我們眼前、透明的貧窮故事。

那晚，我在店裡的CD音響裡放了蕭士塔科維奇的曲子。因為我沒有那種心情只聽什麼優雅美麗的音樂。第七號交響曲《列寧格勒》是描寫納粹德國與蘇聯戰爭的一部大作，不過這首曲子再怎麼聽，只像是獨裁者監視下寫出來的行進用音樂而已。如果不笑著假裝勇敢，有人就會從後面把你推落到谷底去。就是這麼恐怖的音樂。

不過那種史達林體制下的市民模樣，是不是可以直接套用到像智志這樣非正職日薪工作者身上呢？事態或許更加悲慘。至少前蘇聯的作曲家知道敵人是誰，智志卻沒有什麼敵人，一切都只是自己該負的責任。

末班電車開走後，我關上店門，回到樓上自己房間。雖然是已經有所磨損的四疊半榻榻米，至少它是我個人的房間，也有能夠讓我伸直雙腿睡覺的墊被。我出聲向剛洗好澡的老媽說：「謝謝您，讓我能夠這樣伸直雙腿睡覺。在這種地方能有自己的家，是一件很值得感恩的事啊。」

老媽邊用浴巾包住頭髮擦著邊說：「原來你連這種理所當然的事都不知道啊？阿誠，你的腦子是不是有問題？」

雖然不甘心，但這次完完全全就是老媽講的那樣。我一面祈求著智志能夠睡在比較好一點的網咖，一面就寢。蕭士塔科維奇的第七號交響曲第一樂章的主題「戰爭」，仍在我腦子裡持續回響。

因為那首小太鼓的行進曲，真的是太纏人了。

隔天，我就把在*Street Beat*連載的專欄寫完了，此時距離截稿日還有好幾天。只要有好主題，寫起來就不辛苦。而且若是像這次這樣讓我怒火中燒，那就更好寫了。

智志大概兩天左右沒和我聯絡了。我依然持續當著無聊的水果行店員。我在店裡恍惚地想著，我的年收入大約兩百萬圓左右，和智志應該差不多吧。不過智志在池袋過著難民生活，我卻勉強有個自己的房間。我和他的不同，或許只在於東京有沒有自己的家而已。

如果我出生在不同的地方，或許也會像智志那樣脊椎彎曲、無法看醫生，而在池袋這裡閒晃吧。這就是我的結論。任何人都可能跌下去。我們的世界完全分成了兩半，有安全網的人與沒安全網的人；掉落下去的人只能設法自己保護自己了，因為沒有什麼人會來幫你。

好一個羅曼蒂克、有夢想的世界。

隔了幾天，我打給智志。

回答是那種聽慣了的訊息。不是「這個號碼目前在電波傳達不到的地方」，就是「電源已用盡」，連通答錄訊息都無法留下。編輯部說我這回的專欄很受好評，因此我想謝謝他提供資訊，並約個時間做下一次的採訪，現在卻完全找不到人。

我很在意。一整天看著店前的人行道，卻始終沒見著他的人。他就那樣消失了嗎？或者他在外縣市的某處找到可以包吃包住的工作了？我看著池袋晴朗的冬季天空想著，現在的他是不是可以好好伸直雙腿睡覺了呢？他那苦悶的夢想是否已經實現了？

不過後來的發展完全出乎預料。智志的事是從其他管道傳來的：來自於池袋的熱線。是難得來自國王的直接通知。

打算入睡後，我躺了下來。自從認識智志以來，我的生活就一直是以蕭士塔科維奇當背景音樂。畢竟這位多產的作曲家一生也寫了十五首交響曲。就在我聽著第十二號交響曲《一九一七年》的慢板時，手機響了。液晶小螢幕上顯示的是崇仔的名字。

「我已經要睡了，有什麼話簡單講吧。」

他的聲音漂亮地擺脫了全球暖化，任何時候都是那樣冷酷。

「我是那種喋喋不休、講廢話的人嗎？」

我想了想，認識他這麼久，好像一次也沒有。

「知道了啦，你是省略與簡潔的國王。」

崇仔輕易地忽視了我的玩笑。或許是因為寫稿，我的用詞漸漸變得太過艱深了吧。

「有人向我調查你的身分。」

「你說什麼？」

我從墊被上爬了起來。講到調查身分，是不是警察或政府機關呢？我腦子裡只想得到這種不想扯上關係的組織而已。崇仔似乎在冰塊做的窗戶那頭笑了。

「不用擔心，是一個叫東京打工族工會的團體。那個團體的代表來向我打聽你的事，問說你是不是可以信賴的人。那個人明天早上十一點會到你家店裡去，你就聽聽對方怎麼說吧。」

所謂的工會，是那種勞動工會嗎？一講到「工會代表」，我只想到那種額頭上綁著「必勝」頭巾、穿著掛上布條的作業服大叔而已。

「找我到底有什麼事啊？我既不喜歡政治什麼的，也和工會或改革沒關係啊！」

崇仔毫不掩飾地笑了。

「沒辦法的事啊。我只介紹阿誠給對方而已。至於要不要接受委託，你直接聽對方怎麼說再決定。

不過有什麼事的話，G少年可以幫忙。」

連晚安的招呼都不打，電話就突然斷了。真的是毫不廢話的國王。我坐在溫暖的墊被上思考，會來找我的麻煩明明都是一些街頭灰色地帶的小犯罪，什麼時候範圍擴大到勞動問題了？總覺得這個世界變了，要逃離貧富差距，變得比逃離犯罪還困難。

隔天早上十一點，我站在店門口的人行道上，心想一定要拒絕委託。什麼工會代表，完全不是我會喜歡的那種人。可是從池袋站西口圓環過馬路來的，是個年輕女孩。

她大概二十五歲上下，穿著黑色的女僕裝。正確來說，是把帶有荷葉邊的圍裙套在黑色迷你裙洋裝外、頭上則戴著同樣有荷葉邊的髮箍。臉上好好地化了妝。由於腳上踩著厚底的漆木屐，穿黑色絲襪的腿看起來格外修長。女子朝著我遞出名片：「我是東京打工族工會的萌枝。」

名片上連姓都沒寫，好像酒店的名片。

「啊，妳好。」

除此之外我還能回答什麼？在我眼前的是穿著迷你裙女僕裝的工會代表。

「你是真島誠先生吧？我們從安藤崇先生那裡聽到關於你的傳聞。他說你既可信賴、腦子轉得快，還是個保護弱者的麻煩終結者，又說你不收任何費用。到這裡為止的描述正確嗎？」

是個有邏輯到令人害怕的女生。

「嗯，差不多是這樣沒錯。」

女子頭一點，髮箍上的荷葉邊跟著搖晃。

「我們工會正考慮付給你正規的委託費，因為每個人都一樣，不該在低廉到反常的薪資下工作。」

原來如此啊。既然這樣，是不是可以用工會身分幫我和我老媽交涉一下加薪的事？

「知道了。妳們的委託是什麼？」

「有一個非正職的工作者叫柴山智志，你也認識吧？」

突然跑出智志的名字，我嚇了一跳。

「嗯，我認識。雖然只請他喝過一次咖啡而已。他現在好嗎？」

女子的眉頭微微一皺，嗅得出麻煩的氣氛。

「這個問題的答案一半是肯定，一半是否定的。」

這是什麼意思？

「他是不是還睡在哪家網咖裡？」

大體上，很少有女生適合穿女僕裝，但萌枝是少見的成功例子。不是模仿維多利亞時代女僕裝模仿得很拙劣的那種，而是看起來帶點清秀的那種。

「不，在我們工會成員的安排下，目前住在豐島區的社福機構裡。」

「這樣呀，那很好啊。那麼他的夢想實現了吧？住在那裡的話，就能伸直雙腿睡覺了。」

法式風格女僕的工會代表在池袋西一番街的人行道上說：「這點有些困難。現在柴山先生的右膝上了石膏固定，在那種狀態下，我認為並無法完全把腳伸直睡覺。」

我原本打算一定要拒絕委託的，但下一瞬間，我卻對著人在店裡的老媽大喊：「我去瞭解一下事情就回來，妳幫我顧一下。」

豐島區的社福機構據說在南大塚。我從停車場把日產貨卡開出來，雖然它已經相當老舊了，但光靠我家店裡的營收很難換新車。

車子經過池袋大橋，在春日通上直行。新年過後的池袋，似乎還有一半在沉睡中，車道上空蕩蕩的。我問鄰座的萌枝，「智志的膝蓋為什麼會受傷？是工傷意外嗎？」

工會代表直視著前方說：「這次不是發生在一日派遣工作中的意外，因此並非工傷。不，不對，廣義來說，或許算是職災。」

好迂迴的說法。

「這是什麼意思？我完全聽不懂。」

「柴山先生在倉庫做完揀貨工作後，在回家的路上遭人襲擊。對方瞄準他原本就不舒服的膝蓋，讓他受了重傷。」

我腦袋中的紅燈亮起。我不懂勞工運動，但這種麻煩可是我最擅長處理的類型。

「有沒有誰跟智志結怨呢？」

萌枝露出生氣似的表情瞪著我。車子快要到大塚站了。

「有是有，但對方太過龐大，不是我們能應付的對手。我們的工會只是二十人左右的小組織，對手卻是年營收五千億圓的大企業，政府與財經界也都挺他們。」

位於春日通的建築物上方，看得見那塊天藍色的招牌，上頭畫著眼熟的Better Days往右上斜去的英文商標。我用下巴比著屋頂的招牌說：「敵人是那些傢伙嗎？」

萌枝以憎恨的眼神抬頭看規模最大的人力派遣公司。

「我想一定是他們。因為現在我們工會正要求對方退還資訊費。」

又是個我沒聽過的名詞。

「那是什麼？」

萌枝露出受不了的神情。

「我們也不知道。」

「總覺得和妳講話就好像在解一道道謎題一樣。」

女僕裝的工會代表以憐憫的神色看我。

「是啊。如果一切都像真島先生的世界那樣單純的話，就不必用這種方式說話了。資訊費是從日薪派遣工作者的薪資中，每次扣掉兩百圓的項目。由於不瞭解這筆費用的用意何在，我們工會寫信詢問，但Better Days每次的回答都變來變去。有的分店說是緊急通訊用的預備金，有的說是用來買安全用的保安商品，有的又說是用來投保職業傷害的保險；可是這筆錢的實際狀況如何，我們完全不清楚。」

我對經濟不太熟，不由得鬆口說道：「可是才區區兩百圓而已？」

萌枝諷刺般地咧嘴笑道：「是啊，才兩百圓而已。可是公司如果派遣了十萬人，一天就是兩千萬圓的進帳啦。」

儘管只是簡單的計算，卻是很有衝擊性的數字。

「我們的工會正提出訴訟，要求對方歸還這筆用途不明的費用。柴山先生是訴訟團成員之一，在我們遇襲的成員中，他已經是第三個了。」

我漸漸看出整件事的輪廓了。我把車開過大塚站，朝著社福機構所在的南大塚駛去。我一面將方向盤往右切，一面說：「沒有證據證明是誰幹的？就算Better Days很可疑，警察也莫可奈何。前方一片黑暗是嗎？」

總覺得這好像是二十世紀初期的美國勞工處境。在我所喜歡的民謠中，留有很多這樣的歌詞。萌枝咬著她那豐厚的嘴唇，凝視著愈來愈靠近的灰色建築。諷刺的是，社福機構的名稱叫做「希望之家」。

「所以，妳希望我做什麼？」

我把日產小貨卡停進停車場裡。停得有點歪；算了。

「請你保護柴山先生。可以的話，也保護其他訴訟團的成員。然後，接下來的希望是，請你查出Better Days私底下在做些什麼。不過，也只有超人才做得到這種事吧。」

我用力拉起手煞車，鋼線發出慘叫聲。

「或許吧。不過，最好不要小看在池袋的水果行店員。雖然我不能騰空，卻可以和你們一起在地面滾來滾去。」

「太好了，你氣色看來不錯呢。」

我向躺在床上的智志丟出葡萄柚，它是我從店頭偷來充當慰問禮品的。約莫六疊大、整潔的木板房有床、桌子，以及內建放影機的小型電視。這裡也有真正的櫥子，而非投幣式寄物櫃。智志的臉色比那時在藝術劇場的咖啡店要好多了，原本呈土黃的臉色，現在至少帶有生物般的溫度感。

「阿誠先生，你怎麼知道這裡？」

智志依然躺在床上，視線從我身上移到萌枝那兒。

「是我們工會的代表告訴你的嗎？」

我在桌前別致的木椅上坐下，總覺得像是學校裡會有的那種課桌椅。萌枝穿著女僕裝，在床尾併攏雙膝坐下，好像正牌的女僕。工會代表說：「從柴山先生那裡聽到真島先生的事情時，我們原以為你是個與傳媒有關的作家，才希望能從媒體那方面得到幫助。不過從朋友那裡問過風評後，才知道你的麻煩終結者身分比作家身分有名多了，因此想請您調查這次的襲擊事件。」

我有點失望。再怎麼寫作，我的文運還是好不起來，真是日暮途遠啊。我重新打起精神，問智志：

「你是在哪裡被襲擊的？」

智志看向毛毯下的右膝。

「池袋二丁目的巷子裡。那時接近十點，網咖的夜間方案要開始了。那天的工作很累，我急著趕往附有淋浴設備的網咖——如果不洗掉滿身大汗，會影響到隔天的工作。況且設備比較好的人氣店家，很快就會客滿。」

實在很難想像，我長大的這條街上竟然還有這一面——夜間方案競爭。

「我想我一定是走得太急了。有人突然從後面朝我的脖子打下來，一回神我已經倒在柏油路上了。然後，他們其中一個人不斷踢我的膝蓋。」

「總共有多少人？有身高和服裝之類的特徵嗎？」

智志瞇起眼，思考起來。萌枝和我耐心地等待著。

「雖然不能百分之百確定，但我想是三個人。因為戴著露眼頭罩和安全帽，不知道長相。兩個人戴露眼頭罩，一個人戴貼著貼膜的安全帽吧。服裝很普通，但該怎麼說呢……」

智志的頭略微歪了一下。

「這一點我也沒和警方講，只是純粹的直覺。」

讓人焦急的傢伙。智志極其慎重且膽小，是因為他長期從事非正職的雇用工作使然嗎？

「別管那麼多，你就講吧。」

「他們的裝扮極其普通，但好像和我有些相似的地方。」

萌枝在床尾說：「是哪裡相似？」

「應該說，平常的打扮很整齊，但有一些頹廢的地方，或說有一些疲累感吧。西裝穿起來沒什麼精神。我在想那是不是一種一日派遣、勉強存活下來的人特有的耗損方式。」

我盤起手思索著。原本還以為襲擊者想必是Better Days的人。

「那麼，是從事和智志同樣工作的夥伴襲擊你的嗎？」

萌枝露出有如能劇面具般的表情。

「對於登錄制的一日派遣工作者而言，他們沒有同事也沒有夥伴。每個人都為了生存而奮戰到極限，他們沒有橫向的聯繫。既不知道每天會到哪個地方去，工作的內容也以手機簡訊通知而已。這一點也對派遣業者很有利，大家就像一盤散沙，沒有人會想同心協力。這樣一來，那些人就能為所欲為了。」

她似乎火大到不行。弱小工會的代表強烈主張道：「而且不光是資訊費而已，說起來近四成的利潤真是太奇怪了。根據厚生勞動省的命令，在仲介職業時手續費是有上限的，最高也只能到百分之十點五，而且只能用半年份的月薪來計算；可是一日派遣的工作，卻還沒有決定利潤上限。這是才剛形成的系統，沒人想過狀況會過分到這種地步。Better Days根本是為所欲為。」

我愕然地看著萌枝的臉。她的臉頰通紅，眼裡閃著憤怒的目光。

「為什麼一講到Better Days的事，萌枝就變得這麼生氣？是不是有什麼私人仇恨？」

就好像在轉換電視頻道一樣，從民營電視臺的跨年綜藝節目，轉到ＮＨＫ的「逝去的年，到來的年」，萌枝原本燃燒著憤怒的表情，又切換回冷靜且幹練的女僕面孔。

「哪有，是你多心了吧。我只是基於社會正義、感到火大而已啊。阿誠先生，你的日薪和一日派遣工作者一樣是一天七千圓，由我們工會支付。明天起十天期間，請你幫我們工會工作。」

變成意想不到的委託了。我從來沒有以日為單位接受委託、解決麻煩過。我誠惶誠恐地試著問道：

「那個，我一天要工作幾小時才好呢？我還必須幫家裡顧店，沒辦法只專注在這件事上。」

萌枝也一臉驚訝。

「我也不知道麻煩終結者都要做些什麼事。接下來就麻煩你了。」

無可奈何下，我只好點頭說「知道了」，雖然那時候我根本什麼都不清楚。

離開房間時，我問智志：「對了，這個房間的住宿費怎麼辦？」

回答的是萌枝。

「這裡原本就是幫助遊民的自立支援機構，雖然有期限在，但是允許遊民從藍色塑膠布的住處搬過來，邊接受當下的生活費援助邊找工作。待在這裡的話，至少住址可以好好寫在履歷表上。」

智志的聲音很低，小小聲喃喃說道：「我不是遊民啊。我和他們不一樣。」

那時我大概自以為高人一等吧，同情地說：「沒有關係，不必在意。」

一日派遣的打工族抬起頭大吼道：「一點都不好！我不想靠大家的稅金擁有自己的房間，在這種狀況下伸直雙腿睡覺，我也高興不起來。再怎麼辛苦，有天我一定要用自己工作賺來的錢租公寓、找一家公司擔任正職員工。我一定要靠自己的力量生存下去。」

智志的肩膀隨著急促的呼吸起伏，我把手放在蓋住他腳的毛毯上。

「不好意思，我沒有考慮到你的心情。我們現在要走了，有沒有什麼事希望我們幫你做的？」

他把眼睛從我身上別開，從床邊的桌子拿了一把附有圓形塑膠牌的鑰匙，遞給我。

「這是ROSA會館後面投幣式置物櫃的鑰匙。阿誠先生，不好意思，能不能幫我把行李拿過來？我已經三天沒去開了，會有九百圓的逾期費用，錢我會再給你。」

「知道了。那你多保重啊。」

我和萌枝一起離開了智志的房間。走廊上，飄來小學時那種營養午餐的氣味。有人在唱很久以前的流行歌。

「那個，我可以問妳一個問題嗎？一日雇用的派遣工作者，真的有辦法像智志講的那樣，好好租到房子、找一家公司任職嗎？」

萌枝側眼瞅了我一下。

「身體極其健壯，體力好、運氣好的話，或許是有可能。不過對大多數打工族來說，都是很困難的事。一方面不是每天都有工作，另一方面月收入充其量也只有十五萬圓左右。只要一度跌進貧窮的陷阱，就很難再逃離那裡。我想今後阿誠先生也會察覺到這一點，不過那以後再說吧。」

在回程的車上，我和工會代表都沒怎麼開口。智志最後大吼的話，殘留在我心中沒有消失。靠自己的力量生存，那或許在任何時代都是理想吧？不過面對我們眼前新型態的貧窮，什麼個人的力量都會變得完全無力吧？任誰都無法與這巨大的海嘯相搏。

我們剩下的選擇，只有明天會變得比今天更窮、兒女會變得比父母還窮而已。像智志這樣認真工作的年輕人，一步步地往M型社會的底部滑去。那是在這六十年間，首度發生在我們身上的事態。人口也應該會愈來愈少。

隔天，我從位於ROSA會館後面的投幣式寄物櫃中，拿走了智志的回憶物品。是兩個相當重的大旅行包，像是高中生社團活動時會用的那種。

一站在那個地方，就覺得我平常看習慣的池袋街道，好像整個不同了，就彷彿在池袋副都心的一角產生了一個極小的貧民區。我環顧四周，映入眼簾的是網咖「Turtles」的招牌。投幣式寄物櫃、投幣式淋浴，以及投幣式洗衣店。每家店都是賺你幾個硬幣的無人設施；只要再加上登錄制、以簡訊通知的一日派遣工作，就能夠持續居無定所的生活了吧。

那時，我看到了難以置信的光景。在投幣式寄物櫃前，有個年輕女孩換起衣服來，似乎並不在意周遭的視線。她的裙子依然穿著，然後把櫃子裡拿出來的牛仔褲套上，披著羽絨衣擋住身體，將運動衫換成毛衣。她的櫃子裡，也和智志一樣裝滿了私人物品。迅速完成換裝後，看來像打工族的年輕女子鎖上投幣式寄物櫃，拖著行李箱消失在池袋街頭。

在誰也不會關注的街道一角，也有人這樣生存著。我要先聲明，他們的薪資被業者抽走近四成。真想讓那些說「打工族是懶鬼」的政治家們，看看這幕投幣式寄物櫃的景象。

ＪＲ到大塚只有一站，我決定不開車而搭電車。我在山手線月臺等電車來，那是一段有如留白頁面般、還不壞的時光。我看向腳邊的包包，袋子裡露出一個像是筆記本般的東西。是他學生時期回憶的筆記本嗎？我忍不住抽出來，啪啦啪啦地翻閱。突然映入我眼簾的，是以粗字麥克筆整齊寫下的字句：

不放棄。放棄的話，就當場結束了。

不哭泣。哭泣的話，只會招惹別人同情你。想哭的時候，就笑。

不怨恨。不拿自己和別人比較。再小都沒關係，要追尋自己理想中的幸福。

不生氣。不能對別人生氣。現在我的生活，全是我自己的責任。

我的眼裡滲出淚水。文字晃動起來，變得看不清楚。智志是在什麼時候、什麼狀況下寫下這樣的內容呢？我不知道。不過可以確定的是，這是一個三年不能伸直雙腿睡覺的年輕人用來勉勵自己的字句。他說，無論在何等絕望的狀況下，也不怨恨誰，一切都是自己的責任，都要怪自己。這樣的話，有沒有誰能幫像他這樣的人做些什麼事呢？

我呆坐在播放著電子旋律的月臺上凝視著筆記本。我不知道自己能做些什麼，但為了剛才在投幣式寄物櫃前換衣服的女孩或智志這樣的打工族，我會好好幫他們把該做的事做好。

或許在那一刻，我才真正接下了這次的事件也說不定。再怎麼說，都必須要有相當的動機，才能夠認真接下工作。

看著幾輛電車開走後，下一班山手線駛進了月臺。

就在我把包包靠在雙肩上提著，於白線內側排隊時，手機在我牛仔褲口袋裡響了起來；是萌枝打來的。

「喂喂，阿誠先生？」

吵雜的電車聲音讓我聽不清楚對方說什麼，只好對著手機大叫：「發生什麼事了嗎？」

「你趕快來，我們工會的成員又被人襲擊了。」

萌枝的聲音聽來像在慘叫。

「地點是？」

「西巢鴨醫院，警察到剛才為止都還在做筆錄。你家的店沒關係嗎？能夠馬上過來嗎？」

「知道了。」

切掉通話的同時，我跑了起來。要到巢鴨和大塚去的話，還是先回西一番街的家裡開車出來比較好。我一面感受著靠在雙肩上的包包裡、智志那些生活必需品沉甸甸的重量，一面在滿是人潮的月臺上奔跑，兩階當一階地從樓梯上往下跑去。

四周的上班族，誰也沒有正眼看我。我們對於別人，已經變得無感覺而冷淡了，或許這是M型社會的特徵之一。我花了兩分半鐘從池袋站的月臺回到家，創下我有生以來、二十幾年間的新紀錄。

抵達西巢鴨時，性急的冬陽已經二話不說地打斜了。

車站附近的商店街，買晚餐的主婦間混雜著很多在那裡閒晃的年輕小鬼。認識像智志那樣的窮忙族後，我看待街道的眼光也變了。就連西巢鴨這樣普通的住宅區，不也有殺時間等著夜間方案開始的年輕人嗎？這種事讓我在意到不行。

醫院的停車場已經停滿了，我把日產小貨卡停在附近的投幣式停車場。我們四周的商業行為似乎都漸漸完成了無人的投幣化。

我向萌枝告訴我的病房房號走去，走廊上飄散著醫院裡較早吃晚餐的香氣。六〇三號室。我讀著貼在走廊上的病房門牌後，走進了遇襲者住院的病房。四張病床上有三個患者。就在我打量整間病房時，萌枝的聲音從眼前拉簾圍住的病床傳來。

「請等一下，永田先生。醫生不是也說，今晚住院觀察一下比較好嗎？」

我輕輕拉開從天花板橫桿往下垂懸的米黃色拉簾。

「那個，雖然你們正在忙，但不好意思，可以給我一點時間嗎？我是來瞭解狀況的。」

床上一個身材頗瘦的男子站起身，正在脫醫院的病袍，一頭長髮綁在腦後。黑色女僕裝的萌枝回過頭來：「阿誠先生，拜託你說服永田先生。他的肋骨裂開，頭部也遭到重擊，卻堅持要出院不聽勸。」

削瘦的小伙子看也不看我，大概是二十五歲上下吧，帶有一種和智志一樣扼殺自己存在的氛圍。男子生氣地說：「真不該和什麼工會扯上關係的！」說著，他披上沾有血跡的運動衫。

「你的肋骨裂開，現在是要去哪裡？」

病床上的男子瞪過來。

「去網咖。我得先確保今晚有睡覺的地方才行。」

「才一個晚上而已，為什麼不能睡在這間醫院？」

他低下頭，難為情般地說：「我沒錢。我既沒加入健保，連這次的治療費付不付得出來都不知道。不工作的話，我會變成遊民。反正肋骨裂掉它自己會好嘛。請不要再管我了，我也決定從今天起退出東京打工族工會。」

男子在運動衫外穿上廉價的羽絨外套，蓋住了沾在胸前的血跡。他額頭旁貼著的ＯＫ繃上滲出淡淡的血。一點過錯也沒有的遇襲者要偷偷摸摸地從醫院夾著尾巴逃走，而且還是因為他沒加入健保。這個所謂豐饒的國家，可真是美好。

無可奈何之下，我說：「我知道了。我不阻止你出院，但能不能把事情講給我聽？晚餐可以請你吃你想吃的，反正到夜間方案開始的晚上十點前還有時間吧？」

男子露出為難的表情。

「真的可以請我吃想吃的任何東西嗎？」

我看著萌枝的臉。很不巧，我錢包裡也只有一點錢而已。我怕如果他說想吃銀座的高級壽司店，那該怎麼辦。女僕裝的工會代表說：「知道了，錢就由我們工會來出吧。」

穿著滿身是血的運動衫的非正職雇用窮忙族，首次露出開心的表情。

「那就吃燒肉吧。」

照著他的指定，我們決定到連鎖燒肉店去。但由於那樣的穿著沒辦法進店裡，我把日產小貨卡開往永田在池袋站東口使用的投幣式寄物櫃。他就和白天那個女生一樣，理所當然地在路上換衣服。街道變成了更衣室，難民生活真是嚴苛。一進入位於綠色大道上的連鎖燒肉店，他十分欣喜地開始點菜。

「上等牛五花、鹽燒橫隔膜以及鹽燒牛舌，各三人份。還有生啤……」

大概是察覺到我的視線吧，骨頭裂掉當天就喝酒還是不太好。他改點別的東西。

「烏龍茶。」

我說：「三杯烏龍茶。」

我看了看菜單，這家店的橫隔膜與牛五花都是五百圓以下。不愧是在通貨緊縮社會中成長的燒肉店，價格低廉。

「你是什麼時候遇襲的，永田先生？」

「噢，那件事啊。今天我從一大早運氣就很不好呢。」

永田的視線落在烤肉網上。他神情恍惚地講述起來。

「有一封簡訊說今天早上在駒込那裡有工作，好像是要幫忙柏青哥店改裝。早上八點集合。我從池袋的Turtles網咖直接過去，但一到那裡，他們卻說人手已經夠了。」

「欸，一日派遣的工作也有被取消的時候啊？」

永田悔恨地說：「嗯，而且撲空也要自己出交通費。我馬上打電話到Better Days的池袋分店去，問有沒有其他工作。結果他們說在所澤那裡有搬家作業，而且剛好是中午開始。」

「這樣呀，那很好呢。」

萌枝的表情完全沒變，只對著正前方。她似乎已經知道永田這噩運的一天了。

「根本一點都不好。我跑到所澤那裡，他們又說人手已經夠了。駒込到所澤來回加起來，兩千圓以上的交通費就飛了，而且又沒工作，糟透了。」

在那之前，我一直以為打工的人也有交通費可以拿。我看看萌枝，女僕沉著冷靜地搖搖頭。

「我們工會正在交涉支付交通費，雖然Better Days根本不理我們。」

「無可奈何下，我回到巢鴨來。那裡的警察不像池袋那麼愛問東問西的，也有很多可以花小錢打發時間的店。午後我走出車站，在通往地藏通的小巷子裡，突然有人從後面用力打我。」

和智志那時的狀況很像。對方不由分說就發動攻擊，應該是因為早就清楚要鎖定的目標了吧。我不由得問了個警察會問的問題。

「錢有沒有被拿走？最近有沒有和誰結怨？」

永田開始把送來的橫隔膜與牛舌在烤肉網上鋪滿。

「我一直夢想著有一天能像這樣吃燒肉吃到飽。」

智志的夢想是把雙腿伸直睡覺，永田的夢想是吃一盤四百五十圓的燒肉吃到飽。年輕人的夢想年年都在變小，真是諷刺。永田一面以夾子把薄切的牛舌翻面，一面說：「我沒有什麼事和人結怨，錢也沒被搶走。如果錢包被搶走，我想我就沒有像這樣吃燒肉的食慾了；我所有財產都在裡面啊！」

永田把半生不熟的鹽燒牛舌放進口中，一副美味的樣子。

「攻擊你的總共有三個人吧？」

這個打工者露出驚訝的表情。

「是啊，其中一個一直踢我肚子。」

我想起智志提過那幾名男子的裝扮。

「呃，是不是兩個戴露眼頭罩、一個戴安全帽？」

永田輪流把橫隔膜與牛舌塞進嘴裡。

「什麼嘛，這樣的話不就沒什麼東西好跟你講了嗎？話先說在前頭，即便如此你們還是要請我吃燒肉哦。」

一旦長期過著網咖生活，對於金錢似乎就會變得計較起來。

「知道了啦。你是不是也覺得那些傢伙和自己有相似的感覺？」

永田的筷子停了下來。他一口氣把烏龍茶喝掉一半左右。

「我沒想過，但搞不好是。不，對方似乎確實有一種和我們一樣是喪家犬的感覺。身上穿的不是名牌，反倒是些便宜貨。還有就是鞋子吧，是我在三百圓均一店看過的中國製仿冒品。」

和智志的證詞相同。打工族襲擊打工族，到底是出於什麼理由呢？我完全搞不懂。原本保持沉默的萌枝開口：「柴山先生、永田先生，以及另外兩個人有幾個共通點。」

看到永田吃鹽燒牛舌吃得津津有味的樣子，讓我也想吃點。我拿起筷子，試著問萌枝：「我也可以接受款待嗎？共通點是什麼？」

不等她回答，我就夾起了如紙片般薄的牛舌。上頭的胡椒充分發揮提味功用，真的很好吃。

「首先，大家都加入了東京打工族工會，也都是在Better Days的池袋西口分店登錄的，還有在工會的方針下都曾向派遣公司提出關於資訊費的質問。就這以上三點吧。」

資訊費是每次都被收走、用途不明的兩百圓。對於年營收逾五千億圓的巨型人力派遣公司而言，是很下三濫的做法。

「這樣呀。橫隔膜我也享用囉。總覺得讓萌枝來扮演偵探角色比較好耶？」

工會代表的頭腦似乎比池袋的水果行店員要好得多了。

「可是在這種狀況下，似乎無法再就資訊費一事質問對方了。我不能讓我們工會成員再碰上危險。」

她一講這句話，我突然想到了好點子。我夾了一片橫隔膜放進口裡後說道：「那就找不是妳們工會的成員，怎麼樣？」

萌枝臉上的表情消失了，好像腦子裡有一瞬間凍結了似。

「總之，就這樣任由襲擊者得利，妳不覺得很火大嗎？」

「是這樣沒錯，但我們工會無法保護每一個成員。」

我又夾了一片鹽燒牛舌。永田不甘心地說：「那片是我剛才想夾的說。」

我喝了口烏龍茶，筆直地看進萌枝的眼裡。

「如果是我就沒關係了。不用擔心我。」

萌枝對於甜言蜜語也沒有反應，還是一副茫然的樣子。

「我的意思是，由我來加入工會，到Better Days的池袋西口支店去登錄，問資訊費的事問到他們厭煩不就得了？要登錄為一日雇用的派遣工作者，不需要什麼困難的審查吧？」

永田的臉色一整個開朗起來。

「嗯，甚至連居無定所都沒關係。只要有手機，誰都能夠登錄。你會幫忙好好追究那些傢伙的責任吧？」

我不知道永田講的「那些傢伙」是指襲擊犯還是Better Days，搞不好他指的是強行推動一日派遣這種方式的整個日本產業界。此時，萌枝蹙眉道：「能夠找出襲擊犯就很欣慰了，但我不希望還有人再受傷。雖然我們委託阿誠先生幫忙，可目的不是讓你去冒險。這一點你應該知道吧？」

我說我知道，然後又吃了一片橫隔膜。這次的事件很簡單，而且又有日薪，還像這樣附帶餐點。

「我打算自己帶保鑣，他們厲害到不會把什麼襲擊犯看在眼裡。這個嘛，請拭目以待。」

在東口的燒肉店分道揚鑣後，我到停車場把日產小貨卡開出來。油錢和停車費等等，可以當成經費申請嗎？我沒有在美國西海岸幹過偵探，實在不知道該怎麼做。

我開著小貨卡去智志所待的遊民自立支援機構。巢鴨之後是南大塚，我經手的事件總是密實地聚集在一起。我拿著裝有智志私人物品的旅行包一敲門，就聽到智志的聲音。

「請進。」

我兩手提著包包走進房間。智志在床上彎著膝蓋起身。智志受傷的膝蓋與永田裂掉的肋骨，誰的傷比較輕微呢？

「你看，我把你的私人物品帶來了。」

「謝謝你，阿誠先生。」

我把包包放在床邊，在木椅上坐下。

「我沒有惡意，但不小心看到你放在外側袋裡的筆記本了。」

智志原本想講什麼，這時停下了動作。

「……這樣呀。你看到那個了啊。總覺得好難為情。裡頭寫了很多不成體統的東西吧。」

筆記本裡是被迫過著邊緣生活的打工族用來勉勵自己的話語。不放棄、不哭泣、不怨恨、不生氣。自己現在的生活，責任全在自己身上。

「不，我還有點感動呢。因為我沒有像智志那樣認真生活。」

智志像是自嘲般。

「我這種人最糟了啦，因為我過著和遊民沒兩樣的網咖生活。」

「可是你為什麼會淪落到過這樣的生活呢？」

有好一會兒，智志的目光都凝視著自己的膝蓋。

「關於這一點，我也想過好多次了。應該是因為自己沒有屏障吧。」

屏障，我想到的是改編自美國漫畫的好萊塢科幻電影。任何飛彈或射線都能夠彈開的念力屏障。

「每個人至少都有一樣能夠保護自己的屏障，對吧？可能是家人，可能是學歷，可能是財產，或是值得信賴的朋友。可是如果因為某種原因，這樣的屏障全不管用了，不管是誰都會成為難民。我認為，現在已經是這樣的時代了。」

我想著自己的屏障——老媽與小小的水果行。二樓有我自己的房間，也可以伸直雙腿睡覺。還有池袋街上隨處可見的那些小毛頭，或許也是我的屏障。崇仔與G少年。猴子、吉岡與Zero One。沒有幾個是有錢人，卻都很值得信賴。

「我家裡很複雜，所以在老家待不下去。家裡的事我不想講，說了只會心情變差。我高中輟學，不好找工作，再加上也沒什麼專業技能；我是從外地來的，既無法靠老家的朋友，在這樣的不景氣下也找不到正職的工作。一回神，我已經做著一日雇用的派遣工作、在網咖投宿了。本來我以為只有自己這樣，但不光是池袋的幾個東京大站，到處都有為數可觀的難民。只是因為裝扮上看來沒兩樣，大家沒有發現而已。」

對於眼前的難民，我什麼忙也幫不上。我自己也是在M型社會的底層附近勉強過活而已。在水果行工作的我，即使再做個兩百年，年收入也不會有四位數吧！如果以勝負來論，我很明顯也是喪家犬。不過那又如何？我們又不是只為了獲勝才活著，又不是為了爭這等小勝小負才出生。

我再也按捺不住，對著智志說：「我問你，有沒有什麼我可以幫你的？」

智志原本低著的眼睛抬了起來，漆黑的絕望在他眼裡搖晃。

「對於我一個人，做什麼都是枉然。能不能讓社會大眾為了像我這樣、只能選擇這種生存方式的幾千人或幾萬人做些什麼呢？阿誠你是寫文章的對吧？請你想想這個問題吧。至於我的事，我自己會設法解決。」

很有力量的一段話。我帶著心底的震顫離開了智志的房間。據說他只能在這裡住半年而已。在那之前，他必須找到新的住處與工作。帶著受傷的膝蓋，以及才區區幾萬圓的所有財產，而且在東京沒人可以依靠。即便如此，智志仍然覺得，別人可以不用幫他沒關係。

在那時候，智志才教了我真正的「勇氣」是指什麼。當自己在最低潮、最痛苦的時候，選擇將別人的援手轉給其他更痛苦的人，這才是超越勝負、稱之為「人類尊嚴」的東西。這個在一晚一千圓的網咖住宿的瘦小男孩，在我的排行榜上是最了不起的一個人。

我在小貨卡的椅墊上坐下，打開手機。對象是池袋的國王，安藤崇。確認代接的人已經轉給他後，我盡可能以開朗的聲音說：「嘿，我的屏障，你好嗎？」

就連崇仔似乎也一時為之語塞。

「阿誠，你終於瘋掉了是嗎？是不是因為你小小的腦袋瓜過度思考太困難的事件？」

哪有扮演華生的人對著名偵探講這麼冷淡的話？池袋的屏障真是可悲。

「我決定從明天起到Better Days登錄，然後開始工作。」

「欸，你要當由簡訊通知上工的日薪工作者嗎？」

仔細想想，我已經因為崇仔的一通電話，經手相當多的麻煩了。最近無論麻煩終結者還是派遣工作者都是一通電話就能安排吧，是個很方便但缺乏人際接觸的世界。

我簡短把東京打工族工會與Better Days的事講給他聽，也把工會成員連續遇襲事件之間的三個共通點都講了。崇仔不愧是國王，馬上就理解我的委託。

「知道了。又是你去當釣餌、引出襲擊犯嘛。當他們攻擊你時，再由G少年壓制他們。」

「嗯，大概就是這樣吧。」

「這樣的話，會變成必須二十四小時派人保護你才行呢。」

我想了一下智志與永田遇襲的狀況。

「不，只要在往來工作以及在街頭閒晃的時間就行了。」

「好，我會派菁英去。」

我對著正打算切掉電話的崇仔說：「對了，為什麼你會對工會的麻煩變得這麼熱心呢？你們不是街頭幫派嗎？」

崇仔一如往常，回答得冠冕堂皇。

「是為了社會正義。但說真的，G少年裡也有很多到派遣公司登錄的打工族；那其實是一種很方便的工作方式。」

貴族也很辛苦，必須為庶民的生活傷腦筋。崇仔以有如在冬天吹冷氣般的聲音說：「剛才你講的屏障是什麼東西？」

我不由得以帶著感謝的語氣說：「就是為我擋住嚴寒北風的溫柔屏障呀。崇仔，每次都很謝謝你，真的……」

我難得想向他道謝，他卻在中間猛地切掉了。

沒禮貌的國王。

隔天上午稍晚時，我和老媽換班顧店後，朝池袋站西口的公車總站走去，Better Days的池袋分店就位在站前的大型辦公大樓裡。本來以為年營收五千億圓、規模最大的人力派遣公司應該會有很氣派的辦公室，結果過去一看，只用了那一層樓的一半而已，而且還是有二十年屋齡的建築物。

接待處沒半個人在，只貼了一張畫著箭號，寫上「欲登錄者往↓」的影印紙。照著箭號的方向走過去，是間偌大的會議室，正面有面白板，白板前整齊排列著滿滿的長方形折疊桌。大概有十四、五個像智志那樣的年輕人吧。大家彼此隔了一段距離坐著。

等了大約十五分鐘，一個看來軟弱的矮小男子手裡拿著檔案夾走進來。他的領帶歪了，讓人十分在意。一個年輕粉領族拿著筆記型電腦跟在他身後。

「好，那我們就開始登錄說明會。我是Better Days池袋西口分店的店長谷岡晃一，請先看看我們公司的影片。」

接著，我們被迫看了二十分鐘無聊到不行的企業宣傳影片——人力派遣是新興的大型事業，可以確保每位工作者的自由、豐足與安定，也得到整個產業界的大力支持。最後再以閃著光亮的3－D秀出Better Days維持成長的營收與經營利潤圖表——影片就結束了。一開始直接把賺多少錢秀出來不就得了！影片中也拍了從個人噴射機的舷梯走下來、有著落腮鬍的龜井繁治。愛出風頭的沒品勝犬。

「好，那我們開始登錄，請依序到這邊排隊。」

喂喂喂，什麼說明都沒有啊？我嚇了一跳，但沒幹勁的店長已經攤開檔案夾，開始受理登錄。該怎麼說呢，是個讓人連抵抗都懶的說明會。

輪到我了。靠近仔細一看，谷岡店長的臉色極糟，好像陰涼處四處長苔的泥土。他視線往上瞄了我一眼後說：「姓名是？」

「真島誠。」

接著，他問了我的年齡、手機號碼，以及郵件信箱。也問了緊急時的聯絡處。那個粉領族以極快的速度把資訊輸入到筆記型電腦的表格裡。

「住址是？如果沒有固定地點也沒關係。」

我假裝自己是難民。一想到襲擊犯的事，就不想把自己的住處講出來。

「居無定所，在各個網咖投宿。」

「真島先生已經習慣派遣工作了吧？」

我點點頭：「是的，明天起請多指教。」

什麼反應也沒有，五分鐘就登錄完畢。臨走前，我拿到寫著如何搜尋工作及操作順序的一張說明，以及塑膠的登錄卡。我的登錄號碼是I28356。

欸，我怎麼覺得自己好像變成機器人了？

一離開Better Days，我馬上朝西口公園走去。我和崇仔約在東武百貨前。坐進貼著貼膜的賓士休旅車後，看到崇仔在黑皮座椅上盤著腿。

「阿誠竟然變成一日雇用的派遣工作者，總覺得變得好有趣。」

我在椅子上坐下後馬上抽出手機。得趕快安排工作才行。

「你先安靜一下，我要找工作。」

我按下資料庫的號碼，傳來一個內勤小姐的聲音。我照著手冊上教的告訴她：「我是員工編號I28356

的真島，明天有工作嗎？」

傳來敲打鍵盤的卡啦卡啦聲。

「有，在豐洲的倉庫有清掃與搬運的工作，日薪七千五百圓，上午六點在池袋西口丸井百貨前集合。這一件可以嗎？」

快到驚人的速度，又很簡單，確實是一種便利的工作方式。

「瞭解，那麻煩妳了。」

「是，您辛苦了。」

到切掉電話為止，應該不到一分鐘吧。崇仔以驚訝的聲音說：「總覺得和在便利商店買雜誌一樣簡單呢。」

「嗯。」

我的心情很複雜。所謂的工作，應該是更有感覺的一種東西不是嗎？如果純粹的勞動力買賣就像沙子般乾爽分明，總覺得遲早會連生命都可以拿到網路上去賣。崇仔又回復到平常冰一般的聲音：「我派四個護衛給你。在你離開工作的休息時間，就盡可能在街上閒晃，讓對方容易攻擊你。要密切保持聯絡，萬一阿誠被襲擊，事情可就大條了。對了，你那裡有工會的卡片嗎？」

我從錢包裡抽出Better Days的登錄卡，以及今天早上送來的、東京打工族工會的卡片。兩者的加入日期相同。

「交給我吧。只要工作一天，就是工會成員了。做幾天一日雇用的派遣工作後，再來我會變成猶如刺在那些傢伙鞋底的釘子般討人厭的小鬼。」

崇仔橫瞅了我一眼。

「阿誠那種讓人焦躁的才能我是不擔心，畢竟你只要當自己就行了。負責保護你的，是那邊那位斑馬。」

我說了聲請多指教，伸出手。這個戴著墨鏡的矮個子小鬼頭以他厚實的手回握，我的手掌骨好像快要被捏碎了。從手指的硬度可以推斷他懂某種格鬥技。

好可怕的保鑣。

就在我在冬天的人行道上閒晃、走回店裡的途中，簡訊鈴聲響了。我打開簡訊，讀了起來。

作業代號　九九八三
客戶名稱　（株）豐國倉庫
作業地點　江東區豐洲
作業時間　早上八點至下午兩點
加班　不詳
支付薪資　七千五百圓
作業人數　十二名

這種樣子的簡訊持續達二十行。再來就是作業內容、現場打工者的負責人姓名，以及集合地點之類的。在注意事項方面，要自己帶軍用手套及口罩去，還有得穿作業長褲，這樣就不能穿牛仔褲了。總覺得這種感覺好奇怪，好像在極力減少人與人之間的接觸，只把工作的部分抽取出來而已。我覺得自己彷彿不是真島誠這個人，而變成統計上的潛在勞動力之一。

我直接關掉簡訊，選了萌枝的號碼。女僕裝的工會代表，聲音冷到不輸崇仔。

「我完成在Better Days的登錄了，明天的工作也確定了。工會的卡片，謝了。」

我把倉庫的工作簡單向她報告。此時萌枝的態度變了，似乎有些熱切。

「那個豐洲的倉庫，不知道有多靠近港口呢？不好意思，阿誠先生，用手機的相機也沒關係，能否請你把現場的照片拍回來？若能透過照片得知作業的狀況就更好了。」

「為什麼？」

不愧是工會代表，萌枝乾脆地說：「根據目前的《勞動者派遣法》，禁止派遣他們到港灣與建設第一線去。如果豐洲那個倉庫的工作是港灣勞動的話，就能證明Better Days違反了《派遣法》。你的身體畢竟還是夠健壯啊。」

她在講什麼，我完全搞不懂。

「在登錄的時候，對方會看你適合哪類工作。長相好的話，就是負責接待的服務業。身體看起來健壯的話，就做粗活。擅長電腦之類的，就做輸入的工作。」

「什麼啊，是說我的優點只有蠻力而已嗎？」

我好受傷，這樣的話，如果不好好教訓Better Days一番，我會嚥不下這口氣。切掉與工會代表的通話後，我一肚子火的回到水果行去。

冬天的早上六點，天還沒亮。

雖然不是全黑，卻是朝霞尚未展開的蒼白時段。從池袋的丸井百貨到藝術劇場那裡，許多小伙子呼著白氣聚集在那兒。劇場大道上密密地停著小型廂型車與小型巴士。這是我有生以來第一次在自己住的地方看到這種景象。池袋站的西口是一日派遣工作有名的集合地點。

我在那兒站了一會兒，並不清楚誰是哪家派遣公司的，做的又是什麼工作。此時，一個穿著作業長褲與防寒夾克的年輕男子邊叫邊走過來。

「有沒有Better Days、九九八三、到豐洲的倉庫工作的人？」

「有！」

我舉起戴著軍用手套的右手。男子說：「請搭那邊那部小型巴士，我是負責人木下。」

「那個，你是Better Days的人嗎？」

木下聽完露出驚訝的表情。

「不，我和大家一樣是打工的。」

「這樣呀。現場是不是不會有Better Days的人過去？」

「你剛開始接派遣工作吧？偉大的正職員工是不可能會到第一線去的。你先上巴士，我還要叫其他人。」

我坐進停在昏暗的西口五叉路、坐墊上滿是塵埃的破爛巴士。巴士座位上是默然無語的十二個人。就連運送囚犯的囚車，氣氛應該都比這裡還要開朗些。

巴士在晨曦中的高速公路上行駛，抵達了位於豐洲的倉庫街。時間才七點而已，提早一小時就到達作業現場了。我們在巴士中等待，一直都沉默無語，只聽得見有人的攜帶式遊戲機或iPod的電子音而已。到了開始作業前三十分鐘，現場負責人說：「差不多該準備了。」

沒人回答他。一日派遣工作者並無橫向的聯繫，彼此都是當天初次見面。萌枝所講的「散沙般的工作者」是很正確的形容。我們穿著作業長褲的十二人，往大到連新幹線都能輕易擺進去的倉庫移動。由於沒暖氣，裡面冷得很。

在排著貨櫃的倉庫裡，站了四名穿著制服的男子，胸前繡著沒看過的標識，一定是倉庫公司的人吧。木下說了聲「請多指教」，其他年輕人也以沒精打采的聲音應和著，重複同樣的問候。

「好，請多指教。今天要請各位幫忙的是清掃管線，以及搬運、堆放麵粉。清掃的人員就搭那個高處作業臺，把管線上方累積的灰塵以刷子刷下來；搬運與堆放的工作是從貨櫃把小麥袋搬出來，放在那邊的小棧板上。你、你、你和你。」

倉庫公司的男子隨便點了四個人，我也是其中之一。之所以不自我介紹，是因為即便這麼做也毫無意義吧。誰也不知道，明天還會不會再到這個作業現場來。

「麻煩你們清掃管線了。」

對方發給我長柄刷子與安全帽。雖然說是高處作業臺，但只是建築工地常見的那種、以鋁管與踏腳處組成的雜牌物。為了便於移動，腳座的地方是滑輪。作業臺上連扶手都沒有。

作業臺旁邊是閃閃發亮的起重機，起重臂前端附有抓斗。倉庫公司的男子帶著折疊椅與周刊坐進起重機裡，其他偉大的正職員工們則盤著手四散在倉庫中。被指名的我們四人，則往臺車旁所附的梯子上爬去。

管線上方，灰塵綿密地堆積，厚實有如麂皮；一拿刷子打掃，雲朵般的灰塵塊會邊噴出白色的粉塵邊掉下來。我們沒有護目鏡，只有感冒用的紗布口罩遮住口鼻而已。倉庫公司的員工在起重機前端的抓斗裡、坐在椅子上看起周刊來。他倒是好好戴上了護目鏡以及防塵口罩。

在那之後經過約三十分鐘的作業，我的眼睛變得通紅，再怎麼擤鼻子都止不住噴嚏。管線在倉庫內縱橫遊走，再怎麼作業都看不到終點。

我首次體會到智志所講的「上層階級的人」是什麼意思了。

在一日雇用的派遣現場，偉大的正職員工事實上就隸屬於上層階級。

午餐是附近便利商店買來的便當與杯麵，在倉庫外頭吃。十二個打工族默默地吃著，就只是這樣一幅畫面。我試著找幾個人講話，但大家都露出厭煩的神情，並不理我。由於太無聊，我拿手機在無人的倉庫裡拍了幾張照片。我拍照技巧滿不錯的。

下午人員替換，我被分派到麵粉那邊去。這下我總算安心了。簡單一句話，清掃作業是最糟的工作，再做下去遲早會生病。靠蠻力的工作，還比較好一點。

大型貨櫃裡，麵粉的紙袋堆到了天花板，一袋有三十公斤。作業很單純，就是要把它搬到距離約十公尺外的棧板上，不過這邊的作業也有危險。不知道當初是從哪個國家上貨過來的，貨櫃內的袋子堆得都很隨便，甚至讓人擔心什麼時候會垮下來。貨櫃裡有三個人由上而下依序把麵粉卸下來，剩下的五個人就扛著袋子搬到棧板去。我是負責扛的。

正確來說並不是扛，而是像抱著大型犬一樣，正面牢牢地抱著三十公斤重的袋子比較輕鬆。如果扛在左右任何一肩上，身體會因為重量而過度彎曲，反而很累。

這邊的工作才做了十五分鐘，就算是隆冬，照樣飆汗。由於剛才的管線清掃已經讓人滿臉灰塵，此刻流下的是黏黏的灰色汗水。我深深體會到，在水果行顧店雖然很無聊，卻出乎意料的有如天堂。

作業默默地持續著。

下午的工作沒有休息，其中也有幾個年輕人的腳步踉蹌，但沒有人特別去注意。就在工作結束前一個小時、我看向倉庫入口處的同時，傳來了匡啷一聲重物垮下的討厭聲響。一抬眼，剛好看到四、五袋麵粉一同壓在麵粉山底部的一個年輕人身上。它們是從重三十公斤的麵粉袋堆成的三公尺麵粉山上掉下來的，他拚命閃避，但右腳還是沒及時抽開，袋子壓了上去。

「你還好嗎！」

「啊——」

他發出淒厲的叫聲。我踢飛他腳踝上的袋子，把他挪開。得找現場的負責人過來不可。

「木下先生！有人好像受傷了，請你過來。」

我一求援，倉庫公司的員工從貨櫃裡探出臉來，一副很困擾的表情。木下下午負責清掃管線，他帶著滿身灰塵以及與熊貓相反、白了一圈的眼睛走過來。小伙子的腳踝扭曲成奇怪的角度。

「我想，叫救護車比較好，這傢伙連骨頭都斷了。」

我這樣告訴木下後，正職員工在他耳邊不知道悄聲講了什麼。現場負責人小聲喃喃說道：「真受不了。你等一下，我打給Better Days問問看。」

在這期間，小伙子倒在貨櫃的地板上，按著疼痛的腳踝呻吟著。正職員工聚在一起不知道在說什麼，但完全不告訴我們。木下已打給池袋西口分店，但似乎尚無結論。我拿出自己的手機。

「算了，我來叫救護車。」

正職員工跑了過來，是剛才在起重機裡看雜誌的中年人。

「等等，你叫救護車到倉庫這裡會造成我們的困擾。」

其他打工者都呆呆地站在那兒。他們看來不像擔心的樣子，也沒有抗議的感覺，就好像開關被關掉了一般。我大叫：「開什麼玩笑？作業中發生事故，當然是工傷呀，你說對不對，木下先生？」

我把問題丟向總算講完電話的現場負責人。所謂的負責人，就是為現場發生的事情負起責任的人。正常來說，誰都會這樣想吧。但木下卻講出難以置信的話，他對著倒在地上的小子這麼說：「青木君，不好意思，你可以自己搭計程車到醫院去嗎？今天的工作你可以不用做了，沒關係。」

「這是怎麼回事？」

我這麼說之後，木下露出困擾的表情。

「Better Days的人說工傷補助的申請很麻煩，而且不能給客戶添麻煩，說請他忍耐。」

青木好不容易才站了起來，他的臺詞很淒涼。

「那個，到醫院去的計程車錢會有人幫我出嗎？」

木下搖搖頭。出計程車錢，等於是承認自己有錯，無論Better Days或倉庫公司都絕對不會做這種事吧。我漸漸瞭解到，存在於一日派遣工作背後的真相。

這裡沒有任何一名負責人，一切責任都在用過就丟的打工族身上，是無限上綱的責任自負。我拉起青木的手臂搭在我肩上，撐起他的身子。

「我問你，你有參加健保嗎？」

青木搖搖他那痛得發白的臉。我以現場所有人都聽得見的聲音大聲說道：「我現在送他到外面的路上去，這段期間無法工作，就從我的日薪中把錢扣掉吧，這樣可以嗎？」

木下彷彿震懾於我的氣勢，讓出了空間。正職員工們則好像什麼都沒聽見似的，無視於傷者和我。其中一人嚷道：「好了，回去工作吧。」

好像什麼事也沒發生一樣，午後的作業再度開始了。

那天，我只回家拿了換洗衣物就馬上外出。老媽看到我滿身又是汗又是灰塵的似乎很驚訝，但這根本和我一天內目擊到的事實無法相比。

我把東西塞進大到不行的肩包裡，回到池袋街頭，目的地是位於西口鬧區的網咖Turtles。我從智志那裡問到了情報，他說只要把Better Days的登錄卡拿給那家店的人看，住一晚原本要一千圓，就可以折價兩百圓；而且他說那裡的淋浴設備、電腦、按摩椅等設備也都很齊全。

一走出西一番街，對向人行道就看到斑馬的身影了。他穿著寬鬆牛仔褲，配上果然也是寬鬆的運動衫，以及防寒夾克。其他三名G少年連個影子都看不到，一定是巧妙地躲在哪裡吧。我輕輕點頭，朝Turtles走去。

門口的玻璃門上寫著三小時和五小時方案的費用。目前距離晚上十點的夜間方案還很久，但錢不是問題，我每天從萌枝那裡收到七千圓，今天也還有七千五百圓的報酬，因此我不等夜間方案開始，就大大方方走進Turtles。不早一刻洗掉身上的汗水與灰塵，我就渾身難受。

我打算從這時起，一段時間不回自己家了。好歹也是個小小的臥底調查員，不希望襲擊犯知道我家的店。不過這樣的選擇實在是大錯特錯。

我進到約莫一疊半榻榻米大的個人座位；四周雖以合板圍住，但只到肩膀高度，只保護了一半左右的隱私而已。固定式的書桌上，電腦、電視與DVD播放器一字排開。合成皮的調整式躺椅在靠肘處有被香菸燙出來的洞。我感受到以前用過這裡的某人帶有的惡意，心情變差了。噴得滿滿的除臭劑，聞起來反而刺鼻。

檢視過自己的位置後，我馬上去淋浴。這個部分優秀得出乎意料。雖然是每小時三百圓的投幣式淋浴，但浴巾、刮鬍刀、刮鬍泡、肥皂、洗髮精、潤絲精一應俱全，卻只收這個價格。我在熱熱的淋浴下洗了兩次頭髮，一面漱著無數次的口，一面洗身體。如果不這樣做，沒辦法完全把管線的粉塵洗掉。

我帶著重新活過來的感覺回到座位上，重新裝了一杯喝到飽的果汁。好了，再來必須預約明天的工作，外加好好申訴一番才行。

我和前一天一樣問到了工作，取得另一件一日雇用。確認過簡訊傳來後，我又打電話給Better Days的池袋西口分店。這次我請店長谷岡來聽。

「我是昨天起受您照顧的I28356，真島。」

谷岡疲累似的笑了。

「不必講登錄號碼沒關係，你有什麼事？」

「您從現場負責人木下先生那裡聽到關於事故的消息了嗎？有個青木先生被三十公斤重的麵粉袋給

壓傷了。」

「嗯，有接到報告。」

累到極致的聲音，除此之外不帶任何情感。

「那種狀況說真的是工作傷害吧？為什麼倉庫公司與Better Days都對傷者視若無睹呢？還要他自費坐計程車去醫院，不是太過分了嗎？谷岡店長的公子如果碰到這種事，您會怎麼想？」

店長呼的一聲嘆了口氣。

「我兒子才小學一年級，不必擔心他會碰到工作傷害。拜託你好不好，他應該不會當打工族，而會成為企業的正職員工。」

真是率直的男人，或許意外的會是個可以談的傢伙也說不定。

「稍微發給青木先生一點慰問金如何？我也很擔心自己什麼時候會碰到那種意外，這樣子沒辦法安心做派遣工作啊。」

「不好意思，那起事故並未正式記錄為工作傷害，對於青木先生的事我也很遺憾。可是從公司的角度，無法申請並不存在的工作傷害補助，也不能發放沒有理由的慰問金。我們公司對各分店所設的營收標準很嚴格，這種制度不是店長個人能做決定的，我很遺憾。」

那是一種自嘲般的口吻。

「難道把大家用過後丟棄就算了嗎？像壞掉的機器零件那樣丟掉嗎？這就是所謂的責任自負嗎？」

我知道這種說法很幼稚，但我沒辦法忍住不講。我的腦子裡，浮現說著「會有人幫我出計程車錢嗎」的青木的臉。

「我可以陪你談這件事下去。我大學是主修社會學的，對於社會上的不公義或經濟力落差也感到很心痛。可是身為有個兒子要上小學的父親，我無法違抗公司；再者非正式派遣這種工作模式，也是經濟體系下的一種法則。我個人根本對它無能為力。」

確實，正如谷岡店長所言，我的力量、店長的力量，甚或是工會的力量，都無法抵抗這股席捲全球的浪潮。

「我記得真島君你沒有固定住所嘛？」

「是這樣沒錯。」

店長的聲音聽起來像是發自內心。

「雙親還健在嗎？和家人處得好嗎？」

我想起囉唆的老媽。

「還好啦。」

「我不知道你發生了什麼事，但你最好向令尊、令堂低頭，設法住在老家。你聽好，光靠我們支付的日薪，你再怎麼工作都無法擺脫網咖難民的生活。你無法租到自己的房子，也無法結婚。我不講難聽話，總之你姑且先回老家去吧。」

雖然他這麼說，但身為臥底調查員，我又怎能夾著尾巴回去？

「謝謝您的建議。可是應該還有別的奮戰方式吧？我已經加入東京打工族工會囉。」

店長會對這樣的情報有什麼反應？重點就在這裡。他沒說什麼，直接應付過去。

「這樣啊。」

似乎沒有反應。我繼續追擊道：「因為我也不能認同資訊費的事。那到底是做什麼的？」

谷岡店長深深嘆了口氣，說道：「總公司叫我們回答，那是一些安全用具的費用。」

事不關己的答案。

「可是我在今天的工作現場也沒拿到防塵口罩和護目鏡啊？那兩百圓消失到哪裡去了呢？」

剛才那個講話親切的店長不知道跑到哪裡去了，言談中帶有一股中止交談的冷淡。

「不好意思，我的下一場會議快開始了。真島君所講的我聽到了，別管那麼多，乖乖回老家去吧。」

電話在這裡切掉了。說起來，已經談到了工會與資訊費的事，應該可以對Better Days帶來一點壓力。不過講完電話的我心情也很複雜，總覺得谷岡讓人無法討厭。還是說，那是他自己因應申訴的對策呢？時間還沒有很晚，但我的身體已經累到極限了。誰要是一天內搬了好幾噸重的麵粉，都會變成這樣吧。難得有免費用到飽的電腦，我原本想看看國外的色情網站，但坐在調整式躺椅上的我好像被人打昏似的，陷入了沉睡。

最糟糕的是，橄欖色合成皮的調整式躺椅。

我第一次在網咖過夜，就醒來好幾次。最難受的是無法伸直雙腿及翻身。短短兩小時左右，我就自己醒來了。

在過夜方案的昏暗夜裡，某個座位的男子在那裡喃喃自語地抱怨什麼，也有攜帶式遊戲機響起的輕快電子音。我想起谷岡的話——再怎麼工作都擺脫不了這種生活。一個人工作如果只求生存，那種工作方式又有什麼希望可言呢？

每個人都是為了錢而工作，但與此同時，所從事的工作如果不具有「唯獨自己做得到、無可替代」的特性，也只會深深傷害我們而已。在我幾度醒來、已經放棄再度入眠的黎明時分，我正在思考這樣的事。要如何才能讓非正職雇用的近一千七百萬人，能夠在工作中找到自豪與幸福呢？對於並非日本總理大臣的我，根本不可能解決這樣的問題。

不過，我在網咖那狹窄又令人喘不過氣的座位上，作了一個人人都能在幸福中工作的夢。雖然我不是約翰・藍儂，但我也作得了夢❷。

⚜

隔天的工作居然是打掃垃圾屋，地點在練馬的住宅區正中央。Better Days派來了四個男的，把足足放滿六部兩噸重卡車那麼多的垃圾從屋裡搬運出來。從事派遣工作後，我感到驚訝的是，這個世界上其實存在著各式各樣的工作。第二天的工作毫無事故發生，也沒有如管線上的粉塵那般對身體有害的負面影響。雖然全身的肌肉很痠痛，但因為我還年輕，沒什麼大礙。

第二天結束後，我到分店去領薪水。只要秀出登錄卡，再簽名就行了。稅後淨收入有一萬三千多圓，我從來沒對這樣的金額這麼珍惜過。臨走時我在電梯裡碰到谷岡，他又是那副疲累的土黃色臉孔。他注意到我後，小聲說道：「怎麼樣，你和家人和好、準備要回老家去了嗎？」

我姑且隨便呼攏過去。

「這個嘛，還好啦。倒是你，店長，為什麼總是一副那麼累的樣子呢？」

谷岡軟弱無力地露出無奈的笑。

「我有時候很羨慕你們的工作啊，因為正職員工必須無窮無盡地加班。我去年的加班時數超過一千兩百小時。」

嚇壞我了！以前我在哪裡讀過，過勞死的判定標準是每年加班九百小時；谷岡正承受著遠高出標準的重度勞動。

「店長，我們的國家會變成怎麼樣呢？一方面有我這種再怎麼工作都無法擁有自己住處的打工族，很嚮往正職員工的生活；可是正職員工卻和店長你一樣，處在瀕臨過勞死的邊緣。這樣的話，不是到哪裡都無處可逃了嗎？沒有什麼處於兩者之間、美好的工作方式嗎？」

我從前一天晚上開始，就一直在思考更多的工作方式。社會改革家，阿誠。谷岡店長似乎很驚訝，他徹底疲累的雙眼，透出了些微的亮光。

「這種荒唐的狀況不可能一直持續下去。總有一天，大家必須一起來思考它吧。不過在那之前，無論是我或真島君，還是必須餬口飯吃啊。我們只能彼此站在各自的立場上設法保護自己了。」

我開始覺得，自己對Better Days的店長生出一股好感。但是我卻非得誘騙他走入我的陷阱。總覺得這是件讓人悶悶不樂的工作。

---

❷這段改寫了約翰．藍儂所作的名曲*Imagine*中的歌詞。

那晚我又打到Better Days去，講工會與資訊費的事講個沒完。這次不是對谷岡店長講，而是對基層員工。對方雖然把我的電話轉來轉去，但應該已經產生「有個登錄成員很機車」的傳言了吧。

隔天我開了店，戴著花粉症用的大口罩顧店。把草莓、香瓜賣給醉漢，是多麼充滿田園詩氣息的工作呀。和清掃管線比起來，彷彿置身天堂。而且還能聽自己喜歡的蕭士塔科維奇聽到飽，又可以好好休養身體。

於是，我決定好自己的行程表了。在連做兩天日薪工作後，就顧一天店休息，不斷循環。沒事的時候，我就偷偷帶著G少年的保鑣在池袋的巷子裡閒晃。誰都好，能不能趕快襲擊我啊？再這麼下去，我的腹肌很快就會變六塊了。我是頭腦派的，不適合滿身肌肉。

我每天都打電話給崇仔與萌枝。萌枝表示，自永田遇襲以來，就沒有其他工會成員遇襲了。我向崇仔報告狀況後，他乾脆地說：「既然這樣，我們去擊襲那個店長怎樣？」

國王提出了一個聽來簡單、實則困難的想法。

「只要戴著露眼頭罩攻擊，也不會知道是誰幹的吧。然後，再逼他把Better Days的內幕都吐出來。

還不壞吧！」

我說，是還不壞，可是也沒什麼好的。國王說：「再像這樣什麼事都沒發生的話，我們等於一直做白工。阿誠不能再鬧出更大的事情來嗎？」

他這麼說倒有道理，G少年的保鑣也沒辦法永遠免費出動。

「OK，我再挑戰看看。」

切掉電話後，我思索著。要不要綁上工會的頭巾、闖進池袋西口分店去呢？雖然這種沒水準的鬧法不適合我，但我已經騎虎難下了。

就在做二休一的轉換方式進入第三次的那天，我到已經去慣了的Better Days去領薪水。一走進分店，氣氛和往常完全不同：打工族們那種懨懨無生氣的表情還是沒變，但正職員工們個個都情緒高漲、戰戰兢兢。

會議室裡排了一排領薪的隊伍。好不容易輪到我，我秀出登錄卡，正在簽名時，響起了大到不行的聲音。

「喂，怎麼這麼懶懶散散的，不會打招呼嗎？」

有個嘴裡亂罵一通、頭髮理得極短的中年男子走了過來，看起來像是駕訓班裡的魔鬼教練那種類型。這個男的深信只要講話大聲，周遭的人就會聽他的。他一看到我，以大到沒意義的音量吼道：「你就是真島嗎？聽說你加入工會是吧。」

為何他會知道我的個人資訊呢？我固然有些驚訝，但這種單細胞的傢伙正合我意。我拿出東京打工族工會閃亮亮的卡片給他看。

「我加入什麼團體是我的自由吧？關你屁事。」

首先，我完全不認識這個重量級人物。Better Days的員工們也都嚇得半死，沒有人向我介紹他。

「加入工會之類的，不會有什麼好事哦。還是退出工會、努力工作吧。」

「是這樣嗎？就資訊費一事來說，工會遠比你們值得信賴多啦。那筆錢你們到底出於什麼理由擅自私扣？到底拿去做什麼了？」

排在我後方的隊伍中有聲音冒出來。

「對啊，拿去做什麼了？」

我看著那小伙子的臉。他看來似乎不是工會的一員，但應該也是滿腔不爽吧？已夾雜著白髮的中年男子滿臉通紅道：「有所謂工作傷害保險之類的吧。都是用在為各位好的事情上啊。」

我露出牙齒，對他笑著說道：「之前我在豐洲的倉庫裡看到工安意外，Better Days以電話指示，要一個腳踝骨折的傢伙自費到醫院去。說什麼如果叫救護車的話會變成工傷，太麻煩了。保險個屁啦，這種事只是嘴上講講而已吧。」

有幾個打工族在我背後拍手叫好。

「吵死了！在商場的世界裡，凡事都有它的道理在。像你們這種無法為自己的工作負起責任的傢伙，又懂什麼！」

男子走出了會議室。光是鬧到這樣，已經很夠了吧。我拿著薪水袋進到走廊時，谷岡店長咧嘴對我笑道：「真島君，你真厲害啊。」

我聳聳肩。我只有這種時候才會受到稱讚，一點也開心不起來。

「那個人叫倉敷，是東京西北區的區域長。我也是，每次都挨他那種聲音的怒罵。」

「這個嘛，你的薪水高也沒辦法啊。光靠加班費，應該就夠付房貸了吧？」

一年如果加班一千兩百個小時，從加班津貼來算的話，自然很合理。但谷岡的表情暗了下來。

「拜託別那樣講。店長是幹部，因此沒有加班費。如果以還是基層員工時的年收入來算，幾乎差不了多少。」

我的嘴張得大大的，合不起來了。Better Days不光是對打工族苛刻而已，連自己內部的員工也一樣嚴苛以待。

「這樣呀。我知道了。真是可憐呢。」

這個總是疲累的店長和打工族一樣掉入了陷阱，只不過是不同型態的陷阱。

我們總是會按錯鈕，因此才會無法好好得到原本想要的反應，而一接觸到區域長倉敷就馬上有結果，就某種角度而言，真是世事難料啊！

那是我和區域長交換過建設性意見隔天的事。我揹著肩包走在池袋大橋附近的窄巷裡，時間接近六點。冬天的天空已經變暗，在街燈中斷的陰暗處，我感覺到自己旁邊有冷風吹了過來。

「阿誠！」

是斑馬的聲音，我二話不說放低了重心。襲擊者從轉角處突然揮拳過來——是個戴露眼頭罩的高個男子。我維持著低重心，用頭去撞他的肚子。男子壓著肚子時，從我看不到的角度，有個速度快到不行的拳頭揮了過來，掠過男子的下巴，留下有如彈手指般的尖銳聲響。

戴露眼頭套的年輕小鬼如同斷了線的娃娃，砰的一聲跪坐在柏油路上，已經失去意識了。能做到這種事的，在池袋這裡只有一個人。我回頭說：「哎唷，崇仔也來當保鑣了啊？這座城市的國王還真閒呢。」

崇仔嗤笑著說：「我敢發誓，今天是我第一次出動。我就是有那種在恰當時機撞見麻煩的運氣啊！這樣剛好幫我暖暖身。」

戴露眼頭罩的年輕小鬼有兩個，全罩式安全帽的一個，三人都被G少年的菁英撂倒在地，手臂給綁在身後，用的是常見的那種塑膠製、易於使用的綑綁繩。拉開頭套一看長相，其中一人是在豐洲的倉庫裡一起打工過的人之一。我去搜這些傢伙的錢包，每人都持有Better Days的登錄卡。

我以極其慣常的口吻說：「怎麼辦，崇仔？這些傢伙看到我們的長相了，要不要把他們埋到山裡？」

崇仔是個演員，他抽出手機，手腕一晃，啪啦一聲打開了蓋子。

「現在我叫車子過來。沒有辦法，運氣差的傢伙就會運氣差到底。」

還有意識的兩人很明顯身體顫抖起來。

「對不起，拜託你，放過我們。」

我在講這句話的微胖年輕小鬼身旁蹲了下來，問道：「是誰派你們來的？」

他邊淌著口水邊說：

「真的會放了我們嗎？」崇仔的聲音比剛製好的冰塊還冷硬。

「如果你們講出真相的話，可以。但卡片我們收下了，如果說謊，我們會派人追殺你們。池袋的G少年，你們知道吧？」

G少年的負面傳聞，應該已經在池袋流傳到多如繁星了吧。我說：「是誰派你們來的？」

「區域長倉敷先生。」

我腦中浮現那個教官的臉。如果是那個男的，確實可能以蠻力掃平一切抵抗。

「他給你們多少報酬？」

「沒有報酬。」

我抓起小鬼的頭髮，讓他把眼睛轉向我這邊。

「不可能這樣吧。」

「我們真的一毛錢也沒拿，他只說會安排比較輕鬆的固定工作給我們。」

固定的意思就是經常被派到同一個工作地點去。工作有各種類型，也有做起來不辛苦的單純作業吧。自己的錢一毛也沒花到，就利用這些沒錢的小鬼襲擊工會成員，真是最下流的小氣男人。

「目前為止的襲擊事件，都是你們幹的嗎？」

小鬼低垂著眼。他們的回答，就算聽不到也知道。崇仔說：「這些傢伙，怎麼辦？」

我邊抽出自己的手機邊說：「幫我關起來，我要告訴雇主。」

賓士的休旅車開進來狹窄的小巷，G少年們像在堆貨物，把動彈不得的三人押了進去。最後，斑馬與崇仔也坐了進去。崇仔在快要關上的門後說：「這些傢伙先寄放在我這裡，接下來你打算怎麼做再和我聯絡。」

我揮著手說再見，目送貼上貼膜、看不見內部的休旅車逐漸開遠。

我和萌枝約好，三十分鐘後在西口公園對面的PRONTO咖啡店碰面。我先到店裡，反覆思量了這件事好幾回。襲擊工會成員的事，姑且算是解決了，不過完全沒有開心的感覺，心情也沒有跟著舒坦起來。

黑色女僕裝的萌枝出現在我的桌前。

「對了，妳這種衣服是在哪買的？」

冷靜的工會代表乾脆地回答：「有專賣店。」

「果然是要到秋葉原之類的地方嗎？」

「不，東京的鬧區哪裡都找得到，目前這種法式風格的女僕裝相對上較為普遍了。不說這個了，襲擊者是誰？」

我把三張登錄卡在萌枝點的咖啡牛奶旁排開。三人都來自池袋西口分店。

「這是襲擊我那些人的卡片。使喚他們的是區域長倉敷。」

「那個聲音很大的傢伙對吧？」

有特徵的人很容易記住。

「三人目前關在崇仔那裡，可以把他們交給警方，也可以要他們去自首。萌枝妳打算怎麼做？」

黑色女僕裝的女孩思考了好一會兒。

「這樣的話，三個人會變成傷害犯嗎？」

「是啊。說起來，他們確實讓幾個人受了傷，不過應該不會判太重吧。他們儘管是犯罪執行者，但並非主嫌。」

那三個小鬼的事，我覺得怎樣都無所謂。

「有件事讓我很在意。這次的事即便公諸於世，最後一定只會以『區域長一個人亂搞』、稍微引起點騷動就收場了吧。可是這樣下去的話，不會對智志那樣的人帶來任何改變。目前必須正視的問題，我認為是為所欲為的派遣業者。」

萌枝露出一種好像在探索自己內心般的眼神。

「那樣的話，就不是純粹的刑事事件了，也必須證明那家公司正在從事的違法行為才行。那可是很辛苦的事情啊。」

我想起拖著傷腳坐進計程車的青木的臉。在那裡一別以來，也不知道他現在如何，然而應該有什麼事是我能夠為那小伙子做的。

「之前妳講過，法令禁止港灣或建設工地的派遣工作，對吧？」

萌枝點點頭。她髮箍上的荷葉邊也跟著柔軟地搖晃。

「嗯，還有就是《派遣法》裡也禁止雙重派遣之類的。」

「要怎樣才能證明Better Days違法呢？」

工會代表呼的一聲嘆了口氣說道：「還是只能靠內部告發了。由熟知內情的內部人員把資料拿出來、訴諸相關部會。我認為，這是迫使Better Days改變做法的最好方式。」

「這樣呀。」

在咖啡的香氣中，我盤起手。如果能有內部告發，對派遣業界整體來說，或許能夠造成一些衝擊。每個月加班一百小時的池袋西口分店店長，現在正在做什麼呢？

我決定趕快打電話給他看看。

電話是內勤的員工接的，我請對方轉接給谷岡店長。又是那極度疲累的聲音。

「什麼事，真島君？」

我只告訴他事實。

「今天傍晚，我在池袋的路上遇襲了。襲擊者是……」

我把登錄號碼讀出來。

「I18367田宮英次、I19934島本健一郎、I20185林弘明三人。」

就連店長疲累的聲音都打起了精神來。

「那不全是我們分店的登錄人員嗎？到底是怎麼回事？」

我說道：「想知道真相的話，請你馬上離開公司來一個地方找我；這真的是很重要的問題。」

有一段時間沒有回答。店長再度以疲累的聲音說：「我知道了。要我去哪裡？」

我看向玻璃窗外的熱鬧景象。雖然是冬天，還是有很多年輕人與上班族群聚在圓形廣場那裡。

「西口公園。」

我正想切掉通話，店長說：「怎樣都好，真島君，你到底是何方神聖？」

我也不知道該如何回答。我無話可說，陷入沉默，最後只講了一聲「等你過來」就掛斷電話了。

萌枝、谷岡店長與我三個人，在入夜後安靜下來的噴水池前坐下。我向他介紹，說萌枝是工會的代表。谷岡只看了她一眼，目光就馬上從萌枝那裡別開。

「真島君，到底是怎麼回事，全部告訴我吧。」

我把工會委託我，以及搜索襲擊犯的事簡單地講給他聽。至今已有四名受害者，以及這已經是被害人向警方報案的正式刑事案件。店長的臉色果然又變得更糟了。他的聲音小到很難聽得清楚。

「要他們攻擊你的，是Better Days裡的人嗎？」

我點點頭，萌枝一臉鎮靜。在衡量過戲劇性效果後，我緩緩開口：「嗯，主謀是區域長倉敷。」

谷岡深深地呼了口氣，說道：「……怎麼會這樣。」

我瞪大眼睛凝視著店長的臉，此時是成敗與否的關鍵。

「不過就我們的角度來說，光是解決襲擊事件並無法滿足。等一下能否陪我們到社福機構去？」

講到機構這裡，萌枝似乎總算瞭解我的計畫了。領帶歪一邊的谷岡店長點點頭。我們在劇場大道坐上計程車，前往位於南大塚的遊民自立支援機構。

智志當然還躺在床上，他的膝蓋受傷，少不了要用枴杖。谷岡當然認得智志。

「柴山君，我才在想好一陣子沒看到你，原來你受傷了呀？」

接著，他彷彿察覺到我的視線般說道：「你果然也遇襲了嗎？」

智志不明就裡的點了頭。我輕聲說：「今天我們抓到攻擊你的那些傢伙了唷。要他們下手的，是那個講話很大聲的區域長。他似乎沒來由的厭惡工會，就和過去那種惡意解雇與打壓工會成員的傢伙一模一樣。」

「原來是這樣。果然有人鎖定我們為目標。」

谷岡店長很坦率，他深深向智志鞠躬道：「我們公司的人做了很過分的事，柴山君，對不起。」

我放低聲音：「直接把襲擊者與倉敷交給警方，是很簡單的事。不過光是這樣，我認為什麼問題也解決不了。智志，那本筆記本，借我一下。」

智志從床邊拿出筆記本，我接過後交給店長。

「谷岡先生說過吧？做我們這種工作，絕對擺脫不了難民生活。智志努力了三年，但是一直到他像這樣膝蓋受傷為止，都沒在生活上接受過濟助。能不能請你讀一下這個，看看被別人以『責任自負』切割掉、用過就丟的人，是帶著什麼樣的心情在工作的？」

谷岡打開筆記本，我假裝跟著看，實際上專注地觀察店長的表情。

不放棄。放棄的話，就當場結束了。

不哭泣。哭泣的話，只會招惹別人同情你。想哭的時候，就笑。

不怨恨。不拿自己和別人比較。再小都沒關係，要追尋自己理想中的幸福。

不生氣。不能對別人生氣。現在我的生活，全是我自己的責任。

這是遭到體制用過就丟的年輕人的吶喊，一群被迫無限地責任自負、廉價而任意遭到替換的工作者心聲。我原本的想法是，如果店長沒有因為這些話感動就打算放棄；內部告發得出於自願，無法硬叫別人做。

「如果Better Days能夠變得更好一點，我會很開心。畢竟它是規模最大的派遣業者，年營收也有五千億圓吧，對業界帶來的衝擊想必很大。與此同時，像智志這樣的人所做的一日派遣工作，如果能夠更人性化一點，我也覺得會很美好。人類如果可以像個人一樣工作，而不是像機械的零件，畢竟是件好事。我的頭腦不好，不懂什麼全球化啦、價格競爭力啦等等的東西，但如果照目前這種誰都無法變幸福的工作方式，絕對不是件好事啊。」

谷岡店長的眼裡泛起淚光。他翻著紙張，逐一讀著智志的話。最後他說：「真島君，你希望我做什麼？」

我和萌枝四目相交，彼此點了頭。

「Better Days應該違反了《派遣法》所禁止的、把工作者派遣到港灣或建設工地去，對吧？應該也有雙重派遣的問題。谷岡店長能不能從公司內部幫忙，讓公司變得更好呢？請你進行內部告發，如果你想要匿名也沒關係，不過我們希望你能夠把極機密資料送到媒體與相關部會去。」

女僕裝的萌枝向他鞠躬。

「大小姐，請妳不要這樣。如果我這麼做，真的可以讓Better Days變好嗎？」

工會代表說：「應該會亂上好一陣子吧，不過再來的事誰也不知道。我認為，想要讓公司變好，靠的是每一個像谷岡先生這樣的人的努力。」

谷岡用力點頭：「我知道了。既然大小姐這麼說，這件事一定是正確的。我現在就回公司去，把備份資料燒成光碟，再直接交給你們，請你們自由運用。」

萌枝是大小姐？確實，她的長相和我一樣都帶點氣質，但為什麼著女僕裝的她會是大小姐呢？兩小時後，我碰到了這次的事件中最讓我驚訝的部分。

我和萌枝從谷岡店長那裡拿到光碟，是在晚間十點過後。這樣，這次的事件就解決了吧。隆冬夜晚的空氣固然很冷，我的胸口卻很舒坦。

「呼！身體覺得好累，但這樣子就完全結束了吧。我想我不會再去網咖第二次了，調整式躺椅我已經坐到怕了。」

萌枝沒有因為我的玩笑而笑。

「阿誠先生，等一下想請你陪我去一個地方。」

一個年輕女生、在夜晚這種時間叫你陪她？那時，我以為自己的魅力還是能夠好好傳達到懂我的女生身上。

「事情已經解決了，我可以陪妳沒差。」

萌枝在西口五叉路的轉角叫了計程車，自己先坐進去，告訴司機：「六本木之丘。」

我去那裡逛過一次，是座外表弄得漂漂亮亮、大到讓人迷路的購物中心；當然我沒有朋友住在那裡。

「妳去六本木之丘做什麼？」

「我要把今後會發生的事告訴某個人。」

我覺得受夠了。思考變得好麻煩，我直接把背靠在計程車的後座上。

計程車在櫸木坂大道上停下。坐著玻璃電梯往上，看得到附近不遠處山莊一整片玻璃的入口。萌枝以熟練的動作輸入住宅號碼，然後對著ＣＣＤ攝影機說：「是我，萌枝。」

玻璃門靜靜地開了。我踮著腳尖走在美術館展示室般的入口，擔心會刮傷整片大理石的地板。電梯門打開，是三十六樓。萌枝毫不猶豫地繼續往前走在內廊上。好像身處超高級的飯店。

門是雙開式，門牌上寫著羅馬字「KAMEI」。我愣在那兒。那是Better Days的社長龜井繁治的住處。萌枝舉起右手，在按下門鈴前回頭看我：「他是我爸爸。」

出於衝擊，我什麼話都講不出來。電子音一響，門開了，裡頭是個正牌的中年女僕。

「大小姐，您回來了。這位是您的朋友嗎？」

「我回來了，阿惠姨。爸在嗎？」

「在，剛洗好澡唷。」

萌枝一面和女僕說話，一面沿著走廊往裡走。屋裡到處看得到與烏龜有關的擺設。我對著萌枝的背影說：「該不會網咖Turtles也是萌枝妳爸的公司吧？」

「嗯，似乎是。」

客廳約莫有五十疊榻榻米大，大到也許可以當成羽球場了。一個男的在睡衣外面套著手肘處磨破的手織毛衣，背對著窗戶站著。六本木的夜景確實比池袋美得多。

「萌枝，怎麼會突然來找我？那邊那個人是誰？」

在電視上看過的寬額頭與鬍子。父女在眼角的地方很像。

「爸，您還在穿我織的毛衣啊？明天起公司那邊會有大騷動，我先來跟您講一下。這位是幫忙解決這次事件的真島誠先生。」

接著，萌枝簡短說明了池袋西口分店的工會成員遇襲事件。聽到倉敷的名字時，龜井的臉色變了。

「那傢伙給我搞了這種名堂出來是嗎？真是無可救藥的男人。不過工會這種東西終究只是好玩而已，妳也差不多該回我這兒來學習企業經營了。」

似乎是他的獨生女。萌枝以極其溫柔的聲音說：「我能夠體會您想對金錢復仇的心情，因為當時您無法讓媽接受充分的醫療照顧。可是我覺得現在的爸很明顯已經做過頭了。再這麼下去，由媽命名的母公司會完蛋的。」

原來，Better Days這個諷刺的名字，最初是充滿希望的。我正在驚訝，龜井社長開口說：「妳在說什麼？公司能夠成長到這樣，都是靠我的經營手腕。人力派遣業仍大有可為，但因為每間公司都被迫壓低成本經營，往後和海外業者間的競爭只會變得更加嚴苛吧。倉敷的事是那個男的一人所為，我一既不知情；再者，這種事對大局也沒有影響。」

萌枝並未退縮。

「我打算透過工會活動，從外部監督Better Days的經營。爸的公司已經捉襟見肘了吧？這一點您自己應該最清楚啊。」

龜井社長陷入沉默，萌枝乘勝追擊。

「身為Better Days的股東之一，我把資產負債表讀得很清楚。由於強推的成長路線以及多角化經營，負債已如滾雪球般變多，資金周轉哪天如果出現短缺問題也不意外。爸，您以個人擔保向銀行借來的款項，應該已經不下幾十億圓了吧。」

龜井社長露出疲累的神色，一屁股坐到了沙發上，雙手抱著後腦杓。

「所以我說，只要妳回來參與經營就行了。妳比公司的那些專務要有能力多了呀。」

萌枝一臉寂寞地笑道：「再講什麼都沒有交集呢。今晚我是和真島先生來警告您的，我們工會已經取得足以證明Better Days違反《派遣法》的內部資料了。再過不久，就會送交相關部會與媒體。」

龜井社長從沙發上跳了起來，對著我這邊說：「萌枝講的是真的嗎？」

原本我不太想涉入別人的父女關係，但無可奈何下我只好說了。

「對，是一些關於《派遣法》所禁止、派遣到港灣與建設工地去，以及雙重派遣的資料。」

萌枝的父親扯著自己的頭髮說：「這種事哪家派遣公司都在做啊。」

「是啊，下次修法時會變得如何就不知道了，不過目前為止都算是明確的違法行為啊。告訴您，爸，明天起Better Days會陷入暴風雨中，狀況會變得很辛苦，但我希望您把它當成是讓公司浴火重生的機會。如果爸真的有心改造公司，我也會拚命幫忙的。」

萌枝對著父親鞠了個躬，我也微微欠身。我們離開房間時，剛才那個女僕幫我們泡來了紅茶。女僕與龜井社長齊聲說「等一下」，但萌枝的腳步沒有停下來。

⚜

在往下的電梯裡，我問萌枝：「為什麼要和妳爸鬥到這種地步？」

萌枝看也不看我：「因為我和我媽約定好了。Better Days是一家創造更好的明天、為別人帶來幸福的公司。一開始它不是人力派遣業，而是我爸媽經營的小小衣料批發店。可是我媽死後，我爸就變了。變成金錢才是一切，實力才是一切。現在的Better Days，是一家無法為誰帶來幸福的公司。我想，我爸現在應該也很不安。」

就算有那麼多錢，就算住在這樣的玻璃塔裡，也還是會不安嗎？如果從事一日派遣工作的打工族感到不安，年營收五千億圓的公司社長也感到不安，我們的社會不就沒什麼人感到安心了嗎？

「我問妳，內部告發會造成什麼樣的衝擊？」

萌枝歪著頭說：「我想，公司應該會接到停止營業幾星期或幾個月，以及改善業務的命令吧。公司不至於倒閉，但損害應該會很大。最慘的就是我爸。」

「什麼意思？」

就快到地面上了。我吞了一口口水，治好耳朵的不適感。

「因為我爸的財產幾乎都是Better Days的股份。一旦發生負面事件，股價就會急跌吧。搞不好會是幾百億圓的損害。」

這個大小姐講的事還真恐怖！或許，這個工會代表是個超級女僕也說不定。

「這樣呀。萌枝覺得這樣沒關係嗎？」

電梯門開了，萌枝轉過頭來，臉上浮現滿滿的笑容。

「即便如此，又不會變成一無所有。如果不把各種東西捨棄掉一次，就無法重新再挑戰吧。雖然我自己也不太清楚，但這應該是好事。阿誠先生不是也講過嗎？大家如果都可以像個人一樣工作，是件很美好的事。聽到你那番話，我才決定正面與我爸對決。」

這話由我自己來講是有點怪，但有時候我們講的話會傳達到意想不到的遠方去。那時我認真地思考著，以後要注意自己的措辭了。

關於後來Better Days的騷動，只要你讀了報紙的經濟版，應該都很清楚吧。因為違反《派遣法》，停止營運一個月，股價在那期間急跌剩四分之一。龜井社長退下成為沒有代表權的會長，並從一家銀行找來了新任社長。對了，據說增加了一名大股東擔任董事。現在龜井萌枝是負責法務方面的董事，經手法令遵守以及改善正職員工及非正職打工族的工作環境。據說那個分店長谷岡在她身邊擔任左右手。

萌枝說要感謝我幫忙，請我去吃了一家位於惠比壽、有如城堡般的米其林三星餐廳。不過那麼高級的味道，我不是很懂。如果要在惠比壽吃飯，啤酒加炸雞就很夠了。

萌枝在公司穿套裝，但偷偷跑到池袋來時，還是穿著那套黑色女僕裝。她穿成那樣的時候我會陪她出去玩，因此也漸漸喜歡起原本不是我偏好的哥德蘿莉風打扮了。

智志開始在Better Days池袋西口分店工作，這次是他夢想的正職員工。智志和我，以及女僕裝的萌枝，現在還是很要好的三人組。萌枝會在開著染井吉野櫻的廣場上，講述經營巨型企業的辛苦之處；智志則講著自己的工作都確實領到了加班費，以及擁有自己住處的喜悅。遠方，劇場大道上的休旅車裡坐著池袋的孩子王，持續進行著他那麻煩的街頭制裁。

在花崗岩的石板上滾來滾去的，是比較性急的櫻花花瓣。我一面聽著各種人的故事，一面看著萌枝那包在黑色絲襪裡的美形小腿肚。

我沒有股票，一輩子應該也不會變成有錢人或地位高的人吧。不過我還是打從心底覺得這樣子很好，因為我很清楚自己的工作是任何人都不可能做到的。

在溫暖陽光灑落的春天午後，有幾個小時的時間裡，我一面相信著自己是無可替代的存在，一面數著女僕裝的裙襬有幾道荷葉皺褶。這段時間相當美好。

就算一切都只是純粹的自我滿足，也沒有關係。

不過如果沒有這種程度的自我滿足，每天如此辛苦的工作也會做不下去吧。

石田衣良系列 10

非正規反抗：池袋西口公園 8
非正規レジスタンス 池袋ウエストゲートパーク8

作者　石田衣良（Ishida Ira）
譯者　江裕真
總編輯　陳郁馨
主編　張立雯
協力編輯　鄭功杰
封面設計　白日設計
排版　極翔企業有限公司

社長　郭重興
發行人兼出版總監　曾大福
出版　木馬文化事業股份有限公司
發行　遠足文化事業股份有限公司
地址　231新北市新店區民權路108之4號8樓
電話　02-2218-1417　傳真　02-8667-1891
email: service@bookrep.com.tw
郵撥帳號　19588272 木馬文化事業股份有限公司
客服專線　0800221029
法律顧問　華洋國際專利商標事務所 蘇文生 律師
印刷　成陽印刷股份有限公司
二版1刷　2016年10月
定價　新台幣250元

ISBN 978-986-359-301-0

國家圖書館出版品預行編目(CIP)資料

非正規反抗：池袋西口公園. 8 / 石田衣良著；江裕真譯. -- 二版. -- 新北市：木馬文化出版：遠足文化發行, 2016.10
面；　公分. --（石田衣良系列；10）
譯自：非正規レジスタンス：池袋ウエストゲートパーク. 8
ISBN 978-986-359-301-0（平裝）

861.57　　105016832